Capa, projeto gráfico e ilustrações: Marco Cena
Revisão: Viviane Borba Barbosa
Produção editorial: Bruna Dali e Maitê Cena
Produção gráfica: André Luis Alt

Dados Internacionais de Catalogação na Publicação (CIP)

R787c   Roriz, João Pedro
            Céu de um verão proibido. / João Pedro Roriz. 3.ed – Porto
        Alegre: BesouroBox, 2019.
            224 p.: il.; 14 x 21 cm

            ISBN: 978-85-99275-82-5

            1. Literatura infantojuvenil. 2. Novela. I. Título.

CDU 82-93

Bibliotecária responsável Kátia Rosi Possobon CRB10/1782

Direitos de Publicação: © 2015 Edições BesouroBox Ltda.
Copyright © João Pedro Roriz, 2019.

Todos os direitos desta edição reservados à
Edições BesouroBox Ltda.
Rua Brito Peixoto, 224 - CEP: 91030-400
Passo D'Areia - Porto Alegre - RS
Fone: (51) 3337.5620
www.besourobox.com.br

Impresso no Brasil
Maio de 2019

Para Eliandro Rocha
e Antônio Schimeneck;
Maitê e Marco Cena,
resistência em épocas de iniquidade.

SUMÁRIO

9 CAPÍTULO 1 - A rosa que suja de sangue o céu

15 CAPÍTULO 2 - Trégua com o futuro

21 CAPÍTULO 3 - A falta das palavras

25 CAPÍTULO 4 - Caminhos em vez de perigos

31 CAPÍTULO 5 - A vida é um monitor cardíaco

37 CAPÍTULO 6 - Uma fronteira invisível

45 CAPÍTULO 7 - A primeira mentira do ano

51 CAPÍTULO 8 - Os olhos são as janelas da alma

58 CAPÍTULO 9 - O drama do amor perfeito

63 CAPÍTULO 10 - Essa tal Droga da Obediência

70 CAPÍTULO 11 - Campo de experimentos

75 CAPÍTULO 12 - A doutrina da saudade

86 CAPÍTULO 13 - Piada de mau gosto

92 CAPÍTULO 14 - Céu de um verão proibido

97 CAPÍTULO 15 - O gosto da alma!

101 CAPÍTULO 16 - Metáforas descritas pelos vendavais

111 CAPÍTULO 17 - Câmara de tortura

119 CAPÍTULO 18 - Tripalium

127 CAPÍTULO 19 - Linhas de uma melodia vã

134 CAPÍTULO 20 - Ayrton Senna não morreu!

140 CAPÍTULO 21 - Orgulho: pai de todos os pecados

148 CAPÍTULO 22 - Sutil mudança

159 CAPÍTULO 23 - Um caminhar um tanto desorientado

171 CAPÍTULO 24 - O correto é pagar à vista!

180 CAPÍTULO 25 - Situação real de terror

187 CAPÍTULO 26 - Que voz é essa?

193 CAPÍTULO 27 - Olhos rasos, boca aberta

197 CAPÍTULO 28 - Quantidade exorbitante de poeira

205 CAPÍTULO 29 - Olhos e ouvidos que varam as multidões

217 CAPÍTULO 30 - Gotas de orvalho na flor

CAP 01

A ROSA QUE SUJA DE SANGUE O CÉU

"As estrelas que vemos no céu são pontos de luz emanada pelos sóis e pelas galáxias distantes. Algumas estrelas nem existem mais. Elas emanavam luzes quando a Terra ainda era habitada pelos dinossauros! Não é à toa que o céu guarda tantos mistérios..."

Assim eram os nossos papos todas as noites. Essas são conversas de quem não tem preocupações na vida. Meus dedos apontavam as estrelas e elas, iluminadas, uma vez interligadas, formavam desenhos engraçados.

– Cuidado! – dizia minha avó. – Vai ficar com uma verruga no dedo.

Quem se preocupa com isso? Até que um dia, a verruga nasceu. Foi incrível! Eu mostrava a verruga para os meus amigos e eles fingiam que estavam enojados, faziam cara de vômito. Era engraçado!

Meu nome começa com A... A de amor, de astronauta, de Ayrton Senna do Brasil. Que raiva me dá quando percebo que as crianças de hoje ignoram o nome desse grande gênio das corridas. Não me esqueço do dia em que vi meu pai chorar pela primeira vez. Foi logo após uma das maiores vitórias de Ayrton, no GP do Brasil, em março de 1993. Deve ter sido difícil para o velocista suportar tanta pressão da torcida brasileira. Naquela época, o povo descontava nos ombros de seus esportistas as frustrações de suas vidas complicadas: alta da inflação, políticos desonestos, presidente deposto...

Tenho muitas lembranças dessa época da minha vida.

Lembro-me de contar estrelas ao lado do Marcelo. Deitados sobre o imenso gramado, em frente ao chalé, na última noite do *camping* que fizemos com a nossa turma antes das férias.

Seus cabelos louros misturados com os meus, seu sorriso maroto e o cheiro quente do seu corpo me traziam uma sensação rara de segurança.

Também me lembro de um sonho que tive quando passava férias com minha família em nossa casa de praia. Marcelo chorava e eu não entendia logo de cara o motivo. Era coisa muito rara ver um menino chorar, a não ser quando algum deles torcia o pé no futebol. Quando isso acontecia, ficava aquele monte de gente em volta do pobre coitado.

Marcelo era um daqueles garotos que parecia poder fazer o que quisesse, pois era um menino que não existia. De tanto "não existir", posso assegurar que ele não era imaginário. Ele era apenas um garoto maravilhoso, desses que só vemos nos comerciais de margarina.

Eu só tinha visto o Marcelo chorar uma vez. Foi um dia muito, muito louco! Ele chorava bonitinho, com a boquinha meio torta. E lá estavam todos aqueles patifes em volta dele. O inspetor o segurava pelo braço, mas ele nada podia fazer. Ouvi um menino mais velho dizer:

– Que isso, cara, mulher foi feita pra gente beijar mesmo!

Marcelo, pelo visto, tinha recebido um beijo forçado de uma garota... As pessoas comentavam o acontecido e riam. Um beijo na boca! Ninguém havia preparado o menino para esse tipo de violência.

Marcelo era louro, e seus olhos, dependendo da hora do dia, mudavam de cor. De verde, passavam para uma cor mais escura. Uma menina maluca com certeza se aproveitara do pobre garoto. Seus irmãos mais velhos ficariam decepcionados:

– Como é que você chora após ganhar um beijo de uma mulher, cara?

No meu sonho, Marcelo, aos prantos, dizia com sua boquinha torta:

– Não posso mais estudar nessa escola. Eu estou perdido!

Nada daquilo parecia fazer sentido, afinal, se não vai mais estudar na minha escola, partirá para outro lugar, conhecerá outras pessoas, terá uma vida diferente. No entanto, o garoto louro não estava feliz:

– Não quero ficar longe de você!

Como é que é? Senti um arrepio na espinha. O céu em volta dos cabelos louros do Marcelo tornou-se gasto, seus olhos se perderam e confundiram-se com o mar, seu rosto murchou como flor longe do vasinho de terra; e eu acordei aos prantos, sofrendo a dor de uma facada no peito, algo tão poderoso quanto um choque elétrico.

Na janela, os raios de sol da manhã pediam passagem. Os passarinhos cantavam. Um cheiro de mato ocupava espaço no ambiente e eu, enfronhada no calor das cobertas, só conseguia pensar em uma coisa: no Marcelo. Onde eu estava com a cabeça que até aquele momento não havia pensado que poderia perder contato com esse menino para todo o sempre?

Naquela época, meninos e meninas não trocavam telefone e quase não tinham contato uns com os outros, a não ser em sala de aula. Na hora do recreio, o pátio da escola parecia um retrato da Guerra Fria, com áreas muito bem definidas para os meninos e para as meninas. Nós ficávamos à direita, próximas ao anfiteatro e aos brinquedos infantis. À esquerda, onde se localizavam as mesas de pingue-pongue e o bambuzal, ficavam os meninos. Passar de um lado para o outro era absolutamente proibido, a não ser que alguém quisesse sofrer uma gozação terrível de ambos os lados. Algumas áreas eram unissex: a quadra de esportes, as salas de aulas, os corredores internos e a cantina. As meninas falavam sobre novela, bichos de estimação e comportamento. Os meninos quase sempre discutiam futebol. Entre os dois grupos, o fantasma do recém-destruído Muro de Berlim.

Mesmo que quiséssemos nos misturar com os meninos, Esterzinha, inspetora do nosso andar, não permitiria... Ela implicava até mesmo com as meninas que chegavam abraçadas ao refeitório:

– Desgrudem que vocês não são bichos!

Os meninos, coitados, abraçavam-se após marcar um gol e lá estava a chata da Esterzinha no meio do campo, separando-os.

Meu sonho de verão me libertou da ignorância. Eu percebia agora que um ano inteiro havia se passado sem que eu tivesse me dado conta da importância de certas pessoas. Senti uma dor esquisita na barriga, acompanhada de uma agonia estranha. Hoje sei que o nome disso é ansiedade, mas, naquela época, qualquer sentimento novo me deixava absolutamente apavorada. Além de sentir dor na barriga, orquestrava-se debaixo de minha coberta um cheiro nada agradável. Levantei os lençóis e me vi suja de uma substância vermelho-escura, algo traumatizante. Pus minhas mãos ali e, com o susto, levei-as ao rosto. Levantei-me assustada. Gritei por socorro e, ao olhar de relance a minha face no espelho do armário, uma surpresa: eu parecia uma selvagem, com os cabelos arrepiados, o rosto manchado de sangue. De repente, tudo ficou preto!

Eu acabara de ter a minha primeira menstruação seguida do meu primeiro desmaio.

A rosa que suja de sangue o céu,
com reflexos de luz na flor
permite o tempo a girar.
Faz as ondas correrem
no Mediterrâneo a se abrir.

CAP 02
TRÉGUA COM O FUTURO

Minha carreira de escritora começou assim, de repente. Minha avó me dera de presente um caderno e uma caneta para que eu escrevesse ali as minhas impressões sobre o mundo.

No fatídico dia que eu menstruei, meu pai disse que agora eu era uma moça e que teria de me comportar como tal. Minha avó me impediu de entrar na piscina e eu quase morri de raiva.

— Pelo visto "moças comportadas" não podem entrar na piscina — resmunguei.

Como ninguém me explicava muito bem os motivos de tal proibição, pensei: "Se estou sangrando, é porque estou machucada. E aquela piscina deve ter um milhão de bactérias!".

Meu pai, sempre escandaloso e pouco acostumado às sutilizas, pensava em dar uma festa na casa de praia e convidar os vizinhos para comemorar o fato de eu ter botado sangue pernas abaixo. Eu briguei tanto com ele... Não queria ter as minhas intimidades expostas assim! Antes eu recebesse algum pagamento pela amostra de bizarrices, como acontece no circo!

Meu pai era um sujeito muito engraçado. Mesmo após ofender-me com as suas propostas esdrúxulas, era capaz de grandes gestos. Sem saber o que fazer com a minha irritação – e com as cólicas que eu sentia –, foi até o jardim e trouxe para mim uma rosa branca do canteiro da minha avó. Ele agradava a mim, mas, ao mesmo tempo, desagradava a sogra que demorara meses para ver nascer alguma coisa naquele canteiro. É o tipo de situação que um homem sofre quando vive cercado de mulheres.

Sem nada para fazer, comecei a rabiscar no meu caderno. Tentei escrever algo sobre um passarinho que visitou a minha janela.

– *Blergh*! Isso está horrível!

As palavras pareciam sem nexo e nada ali cheirava a emoção. Comecei de novo...

– Vou falar sobre os pingos de chuva que caem no campo, onde um belo príncipe beija a sua amada.

A caneta ficou até com vergonha! Esse é o tipo de história que não tem nada a ver comigo. Príncipe? Princesa? Beijo no campo molhado?

Eu li outro dia na enciclopédia que o delicioso cheiro de terra molhada que sentimos em épocas de chuva não passa de protozoários defecando.

Ops! Está vendo só? Escrever é muito difícil! A gente pensa em uma coisa e acaba escrevendo outra! Se eu fosse um cavalo, imagina o tanto de coice que eu não daria se meu dono tentasse subir em mim. Para direita, para a esquerda...

> Quando escrevemos, precisamos produzir textos que todos vão ler. As pessoas querem ouvir histórias de príncipes e princesas, e eu aqui falando de protozoários!

Tive um acesso de raiva e taquei o caderno pela janela. Maldita hora que fui ficar menstruada! Olha o sol, olha o calor! Quanto tempo mais eu vou ter de ficar aqui usando essa "fralda" enorme que a minha avó me deu?

Ulisses, meu priminho, ficou parado na porta do quarto olhando pra mim. Ele era bochechudo e fofo, mas eu achava que ele ficaria feio quando crescesse. A minha suspeita era baseada no meu tio barrigudo – casado com a irmã da minha mãe. Naquela época, ele pilotava helicópteros, ou algo assim... O homem vivia longe de casa e volta e meia o Ulisses ficava com a gente. O menino era nascido em julho, tinha a carência dos cancerianos e adorava ficar agarrado comigo.

– Vem cá, Ulisses, não fica aí parado na porta. O que você quer?

Ele se aproximou e perguntou com a sua voz rouca:

– Você não vai à piscina hoje, prima?

– Não, eu não posso sair do quarto hoje.

– Ah, você está dodói?

– Não, não... Como é que eu vou lhe explicar? Toda menina quando fica adulta, começa a sentir dor na barriga. É normal. Daí eu não quero sair da cama.

Ulisses ficou me olhando meio desconfiado... Que papo era esse de "ser adulta"? No mínimo ele me comparava com a mãe dele. Eu não parecia nada com uma adulta. Tinha cara de menina, dormia agarrada com um ursinho, tinha um quarto cor-de-rosa! Visivelmente preocupado, ele perguntou se a barriga dele também doeria quando se tornasse adulto.

– Que pergunta, Ulisses! Acho que não. Isso é coisa só de mulher.

Se bem que os meninos da minha escola viviam dando socos no estômago uns dos outros na época dos aniversários – um ritual estúpido e difícil de entender.

Meu priminho subiu na minha cama com o seu cobertor a tiracolo e, todo amoroso, indagou:

– Se eu também ficar com dor na barriga poderei lhe fazer companhia?

Ah, que fofo! Coloquei-o no meu colo. Ele estava quentinho e foi logo me abraçando. Oh, menino carente! Para tudo, pedia beijo. Beijo no rosto, beijo na testa, beijos e mais beijos... Automaticamente, lembrei-me do sonho que tive. Marcelo...

Como seria beijar um menino de verdade?

– O que foi, prima?

– Nada, nada não! – disfarcei. – Eu só estou preocupada com o começo das aulas.

Ulisses me olhava com brilho nos olhos. Eu não havia notado, mas as suas pupilas estavam bastante dilatadas.

– Por que você está me olhando?

Ulisses não soube responder. Apenas indagou:

– Quando eu crescer, você pode se casar comigo?

Hahaha! Um milhão de respostas cruéis rondaram a minha cabeça de mamona. Mas eu preferi o caminho da diplomacia e respondi:

– Vamos ver! Se você for bonito e gentil...

Ulisses inchou o peito e respondeu:

– Claro que serei! Eu já sou!

Hahaha! Eu ria de dar cambalhotas. Mal sabia o pobre Ulisses a odisseia que teria de enfrentar para conseguir conquistar o coração de uma mulher.

Mais tarde, minha avó apareceu no meu quarto, toda preocupada:

– Ulisses veio me dizer que você vai se casar com ele. Que história é essa?

– Ah, vó, papo de criança. Vai dar ouvidos para isso?

Minha avó batia um suspiro e me deixou raspar a tigela. Ah, como era bom raspar a tigela! Doce sabor para um momento de tédio e resignação.

– Saia dessa cama, garota, vá dar um passeio, andar de bicicleta! Está um dia lindo lá fora!

Eu não ousaria. Preferia ficar na cama, pensando nos últimos acontecimentos. Se eu sonhara com o Marcelo, isso só poderia significar algo muito importante.

– Será que ele está apaixonado por mim? E por que ele teria de sair da escola? Ai, que verão chato! E pensar que faltam tantos dias para o começo das aulas... E se eu chegar à escola e não encontrar o Marcelo no primeiro dia?

Resgatei o meu caderno e comecei a rabiscar coraçõezinhos com as nossas iniciais. No entanto, eu ainda sentia muita angústia e precisava colocar essa emoção pra fora!

– Vamos escrever algo.

Mas é tão difícil escrever quando queremos falar dos próprios sentimentos... Lembrei-me de Ulisses e, de repente, foi como se eu conseguisse entender o que ele sentia por mim. Foi assim que eu escrevi o meu primeiro poema:

Apaixonadinho na janela

Lá vem ela...
Doze anos bem vividos,
grãos de areia no vestido,
joelhos pra fora da saia,
roupa de beira de praia.
Minha janela ainda insiste
em criar tréguas com o futuro.
Ainda choro no escuro,
nas palavras me embaralho.
Mas aceite o meu palpite
e espere esse pirralho!
Sou pequeno, mas não
falho, pois o tempo
é meu amigo!
Um dia não me esticarei
pra falar-lhe
ao pé do ouvido.

A FALTA DAS PALAVRAS

Tudo que não conhecemos se torna misterioso. O mistério quase sempre se revela perigoso e amedrontador. E o perigo é algo que gera proibições. E certos assuntos proibidos são cativantes quando somos crianças.

Lembro-me de um dia – acho que eu estava na quarta-série – que eu cheguei à escola e vi um amontoado de mochilas em volta de uma estátua que homenageava o fundador da escola. Uma menina apavorada era amparada pelos inspetores e os alunos dedicavam-se a vasculhar com cuidado cada detalhe da peça de bronze. A menina afirmara que os olhos da estátua teriam se mexido. Mesmo sem acreditar muito naquela história maluca, passados alguns segundos, lá estava eu, junto com o grupo, olhando para a porcaria da estátua, na expectativa de que seus olhos se mexessem.

A garota devia ser estressada, ou, coitada, devia sofrer de esquizofrenia ou de síndrome do pânico. Só sei que eu ria de rolar no chão! Criança nunca se machuca e tem um verdadeiro caso de amor com o chão. Adultos são crescidos e não conseguem fazer o que as crianças fazem: deitar, rolar, atirar-se ao chão – voluntariamente ou não – sem se machucar.

Os olhos da estátua poderiam não ter se mexido, mas, a partir desse dia, algo ficou mexido dentro da alma de todos nós. A nossa escola se tornara amaldiçoada! Começaram a correr boatos de que a instituição de ensino teria sido construída sobre um antigo cemitério de escravos e que éramos assombrados por almas revoltadas e blá, blá, blá... A história era ridícula, pura balela! Apesar disso, nenhuma criança se encorajava mais a andar sozinha pelos corredores escuros que havia nos andares superiores, ou no auditório – um local horripilante e cercado de mistérios.

Diziam que uma velha morava atrás do palco do auditório, em antigos camarins. As pessoas contavam pelos corredores que a velha era louca e que, certa vez, teria matado uma menina enfiando uma colher fervente em sua boca só porque ela teria entrado nos bastidores sem pedir licença.

Eu fingia não dar bola para todos esses assuntos, mas, quando a noite caía e meu pai dizia boa noite, eu chorava baixinho agarrada com o meu ursinho, o Soneca.

Certa vez, meus amigos inventaram de fazer uma brincadeira estúpida. Após a aula, ficamos escondidos na escuridão da nossa sala. Um de nós segurou um compasso no centro de um tabuleiro letrado e começamos a fazer perguntas para o fantasma da menina assassinada pela velha. Foi uma das poucas vezes que brincamos junto com os meninos. Eles pareciam mais assustados do que nós. Um deles, João Miguel, tremia à toa. Ele gaguejava ao fazer as perguntas para o compasso, e eu, debochada, não o poupava dos adjetivos. "Maricas", "idiota" e "burro" eram os meus xingamentos favoritos.

Eu tinha um amigo chamado Filippo. Os garotos viviam chamando-o de maricas. Ele era atencioso com as meninas, sabia todas as novidades da televisão e usava roupas muito bonitas. Era o único menino que podia andar com a gente. O Filippo era o nosso guru, pois tinha sempre um conselho pra tudo. Ele era alto e magro, não gostava de futebol, tinha uma boca enorme, e era capaz de rodar o compasso sem tremer a mão.

Era a minha vez de fazer a pergunta:

– Quantos anos você tem?

Filippo deixou o compasso girar sob o seu dedo e, aos poucos, a resposta nos foi revelada: *dez anos*. Eu tinha direito a uma segunda pergunta:

– Você gosta de mim?

"Sim", respondeu o compasso. Fiquei satisfeita, mas o objeto continuou a se movimentar. Fomos anotando as letras e, de repente, uma frase sinistra apareceu em meu caderno: "*Qualquer dia, vou para a sua casa*". Meu estômago embrulhou, mas eu fingi que estava tudo bem:

– Ah, Filippo, só você mesmo, né! Está me provocando!

Filippo soprou a franja que lhe cobria os olhos e revelou um rosto aterrorizado.

– Não – respondeu ele –, eu não tenho nada a ver com isso, juro!

Filippo fazia aulas de teatro. Eu sabia muito bem das encenações que ele era capaz de fazer.

Esterzinha reparou que um grupo de alunos estava ocupando a sala de aula sem autorização, abriu a porta com violência e todos nós tomamos um baita susto. O tabuleiro e o compasso voaram longe. Resultado: fomos para a coordenação para esperar por nossos pais. Eu odiava essa hora do dia. Minha avó se atrasava e eu sempre ficava para trás.

– Cadê a sua mãe? – indagavam os meus amigos. – Ela não vem te buscar?

– Não, não vem...

A saudade arde como pimenta. Quem experimenta se lembra do caju travoso. É gostoso, mas prende a língua com o sabor travoso que alimenta a falta das palavras. A ausência lavra alguns sabores juvenis. Pera, uva, maçã e salada mista com gosto de anis: explosão de cores que me conquista, mas me deixa infeliz.

CAMINHOS EM VEZ DE PERIGOS

Ih, agora que me dei conta de que falei, falei, e não disse o meu nome! Eu me chamo Alexia. Meu nome é de origem germânica e é o diminutivo de Alexandra. Mas Alexia é meu nome de batismo mesmo. Dizem que a minha mãe adorava esse nome.

É super legal ter um nome diferente! Por causa disso, eu ganhava o papel de destaque em qualquer brincadeira entre as meninas. Normalmente, eu interpretava a cozinheira alemã, a enfermeira nazista, ou mesmo a esposinha metida a besta. Era legal poder brincar de imaginar – esse era o nome da brincadeira. Por uma ou duas horas, podíamos ser o que quiséssemos.

Em 1994 – que engraçado! – simplesmente paramos de brincar de imaginar. Quando reunidas, as meninas queriam jogar vôlei ou falar sobre os meninos. Eu não tinha histórias para contar e ficava quieta no meu canto.

Certo dia, eu entrei com umas amigas na piscina do condomínio da minha avó paterna. A mãe do meu pai era bem diferente da minha avó materna. Ela era bem mais rígida, gostava de morar sozinha e tinha o péssimo hábito de fumar. Do outro lado do *playground*, alguns meninos jogavam futebol. Era uma chatice quando eles resolviam cair na água também. Atiravam-se com violência, todos suados e faziam a maior bagunça. A gente ficava espremida em um cantinho, enquanto os rapazes tomavam a piscina toda só para eles.

A minha avó paterna era conhecida como "a dona Zezé do 101". Ela estava sempre em pé de guerra com os "moleques". Eles atormentavam a pobre senhora! Era comum ouvi-la xingando quando eles tocavam a sua campainha e saíam correndo.

Havia uma quadra para o futebol, mas os meninos preferiam bater bola perto da parede branca em volta da janela do apartamento da dona Zezé, o que tornava o ambiente no prédio extremamente estressante. De vez em quando, minha avó aparecia na janela e nos dava conselhos. Conselhos de gente velha, conselhos de gente chata:

– Coloca uma saia maior, menina, senão os moleques vão olhar as suas calças – ela não gostava da palavra "calcinha".

Paradoxalmente, não era difícil ver minha avó Zezé mostrando o seu lado maternal, pois, apesar de se manter em estado de guerra com os meninos, costumava lhes dar água após o jogo de futebol. Os rapazes batiam palmas perto de sua janela, e lá vinha a boa samaritana, com o cigarro pendendo na boca, tosse de enfisema pulmonar, pelos no rosto e água gelada para refrescar os cabeças-duras.

Quando eu era pequena, olhava para os rapazes e dizia: "Como é que minha mãe pôde um dia ter gostado do meu pai? Os meninos são sujos, são feios, gostam de coisas chatas, vivem brigando e aprontando confusão. Se um dia eu me casar, nunca vou querer ter um filho homem. A minha vida vai ser infinitamente mais fácil se eu tiver uma garotinha..".

Então, seguindo em meu raciocínio, me indagava: "Mas como eu poderei ter uma filha se eu não tiver um... marido? Hum...".

Quando a minha avó viu que os meninos estavam na piscina com a gente, me chamou em um canto com urgência e disse:

– Alexia, quando eu tinha a sua idade, soube de uma moça que entrou no lago com um rapaz e apareceu barriguda no mês seguinte. Tome muito cuidado, pois você pode pegar uma gravidez! E isso se pega até por pensamento!

Usar a piscina é algo realmente complicado...

Eu percebi que os garotos começaram a se interessar por mim no dia que eu peguei um copo d'água e joguei no meu corpo para me refrescar. Não demorou muito e toda a molecada do prédio olhou para mim como se a vida deles dependesse daquele momento de introspecção.

Pausa para o tempo passar. Minha avó gritou lá do seu quarto:

– Alexia, já pra dentro!

– Ai, ai, ai, ai. E agora, o que foi que eu fiz?

De castigo! Minha avó só não explicou o motivo. Sem nada para fazer, peguei uma caneta e comecei a escrever:

Estou de castigo! Ninguém quer conversar comigo! Estou tão cansada de falar com o meu umbigo. Preciso de alguém com braços que sirvam como abrigo. Olhos como faróis que enxerguem caminhos em vez de perigos. Não sei o que quero... Não sei o que persigo! Quero separar o joio do trigo. Tudo a minha volta tem gosto velho de jazigo. Minhas avós são idosas, meu pai é antigo. Há alguém nesta família que possa ser meu amigo?

Hora de dormir. Alexia, boa noite!

Lembrei-me da menina morta de dez anos que prometera me assombrar. Que droga! Com medo, deixei a porta do quarto aberta, caso precisasse chamar por minha avó.

Passei a encarar a porta. Ali passaria a qualquer momento a alma penada da menina. Na parede do corredor havia uma sombra parecida com um coelho. "Eu gosto de coelhos!" Pensei em coelhos e adormeci. Meus pensamentos voaram e eu me vi na piscina do prédio em meio ao breu. Era noite. Eu tentava sair da piscina, mas não conseguia me mexer. Próximo à janela do apartamento da minha avó tinha um menino com olhos esticados e dentes afiados bebendo água. Apavorei-me:

– Vó Zezé, vó Zezé! Liga para a polícia, liga para a polícia, vovó Zezé! Eu não quero pegar gravidez desse menino! Eu não quero, não quero!

Eu não conseguia me mexer. Minha avó abriu a janela e, com os olhos vermelhos, me disse: "Eu falei pra você não entrar nessa piscina! Agora aguenta!"

O garoto tirou a roupa e se atirou com violência na piscina desaparecendo debaixo da água. Uma sensação de pânico tomou conta de mim. Minha barriga começou a doer.

Acordei assustada. A lua continuava pálida no céu e eu estava novamente deitada em minha cama. Quando eu olhei para baixo, me vi grávida, com um barrigão enorme, prestes a estourar. Eu gritei:

– Vóóóó!

Novamente acordei. Passei a mão na minha barriga e estava tudo normal. Suspirei aliviada:

– Graças a Deus, foi só um sonho!

O apartamento continuava quieto. No entanto, na parede do corredor, a sombra do coelho dera lugar à imagem de uma menina.

Mais uma vez:

– Vóóóó!

05
A VIDA É UM MONITOR CARDÍACO

Minha avó materna precisou levar meu pai para o hospital. Não havia quem pudesse ficar comigo e eu fui junto. Ele estava com dores no peito, algo assustador.

Enquanto esperávamos o resultado dos exames, o médico me deixou usar o estetoscópio dele. Eu coloquei o objeto no peito do meu pai e senti as batidas de seu coração. Depois, eu passei o objeto por sua barriga e ouvi sons muito engraçados.

O corpo do meu pai era totalmente peludo. Parecia um ninho de rato! No entanto, eu não ousava verbalizar qualquer pensamento a esse respeito. Ainda estava fresco na minha memória o dia em que eu tomei a primeira grande palmada do meu pai.

Nós estávamos jantando com toda a família. Minha tia perguntou para mim se eu estava gostando da companhia dos primos.

– Sim – respondi –, apesar de sermos muito diferentes.

– Como assim, Alexia? Explique isso melhor.

– Veja só o meu primo mais velho, ele tem a perna toda cabeluda!

A família toda caiu na gargalhada. Só meu pai não gostou do que ouviu. Mandou eu me levantar da cadeira e deu um tapa na minha bunda. Sem entender os motivos de sua atitude, fui para o meu quarto toda esticadinha, como se fosse um robô. Ao chegar lá, chorei até o dia seguinte.

Por que os homens são peludos? Essa era uma pergunta que, pelo visto, ficaria sem explicação. Marciana, minha amiga, ainda tentou usar a lógica:

– Certa vez, a professora nos disse que o homem descende dos primatas.

– Ah, então, é isso! – exclamei. – O trisavô do tataravô do meu pai devia ser um macaco!

Sem que eu percebesse, eu estava puxando os pelos da barriga do meu pai. Ele, deitado no leito, não tinha forças para reclamar.

– Vá ficar com a sua avó! – ordenou.

No monitor, dava para ver a frequência cardíaca dele. São uns pontinhos que marcam as batidas do coração e que fazem um barulhinho engraçado. Alto e baixo, alto e baixo, alto e baixo. Minha avó materna me explicou que isso era um bom sinal, pois quando a pessoa não tem batimento cardíaco, o aparelho toca um alarme constante e a linha do gráfico se torna reta.

Comecei a pensar na morte.

> *Se meu pai morrer, minhas avós vão ter de cuidar de mim. E, pelo visto, elas também não vão viver por muito mais tempo. Vou ficar sozinha!*

Esse pensamento nunca havia passado pela minha cabeça de forma tão séria até aquele momento. Bom, a não ser no dia da palmada. Naquele dia, eu fiquei tão magoada com o meu pai, que cheguei a pedir a Deus que levasse aquele homem para longe de mim. É óbvio que, com o passar do tempo, tudo voltou ao normal e eu cheguei a ter vergonha desses pensamentos.

> *A vida é como um monitor de frequência cardíaca: os altos e baixos são a prova de que continuamos vivos. Equilíbrio e linha reta têm cheiro de morte!*

Após a palmada injusta, meu pai não se desculpou comigo. Ele era orgulhoso e preferiu tentar me compensar com surpresas e bilhetinhos carinhosos.

Naquela época, eu tinha uma pequena fascinação por cabanas. Era o meu passatempo predileto! Eu estirava um lençol sobre as coisas do meu quarto e ficava lá dentro horas a fio. Na minha imaginação, minha cabana de lençol tinha a área da cozinha e a área da sala de estar. Era um barato viver como um *hamster*, entrando por um lado e saindo pelo outro. Às vezes, meu pai entrava na minha cabana e ficava lá dentro comigo. Depois, ele se cansava e ia assistir ao futebol. Sempre o futebol...

Minha avó me deixava fazer tudo dentro da cabana, menos dormir.

– Você tem a sua cama – dizia ela.

Eu deitava na cama e lutava para não fechar os olhos, pois, sabia que, no dia seguinte, minha avó pegaria o lençol da cabana para lavar e, quando eu acordasse, teria um quarto ridiculamente bem arrumado.

Certo dia, eu resolvi expressar a minha irritação:

– Tem tanta mãe aí preocupada em arrumar o que dar de comer para seus filhos que está pouco se importando onde ou como eles dormem. Essas crianças é que são felizes!

– Bate na boca, menina!

Todas as vezes que eu insistia em expressar um pensamento desse tipo, minha avó levava a família toda para a igreja. Meu pai me olhava de lado e, chateado por perder o jogo dominical entre Flamengo e sei lá o quê, reclamava:

– Você tinha mesmo que perturbar a sua avó com essas ideias? Não podia ter ficado quietinha, na sua?

Meu pai se dizia ateu, mas ia à igreja conosco sempre que a sogra mandava. Na semana da minha palmada, lá fomos nós para a igreja. Essa também era a resposta natural de minha avó para qualquer conflito que existisse dentro do nosso lar.

No dia da palmada, o padre falou sobre "tolerância no lar" e sobre "a paciência que precisamos ter diante das diferenças de pensamento". Tenho certeza que, em determinado momento, o padre deu uma piscadela para a minha avó. Aquilo parecia um conluio, um jogo de cartas marcadas. Meu pai se mantinha quieto, chafurdado em sua cadeira, com um fone de ouvido acoplado a um rádio escondido dentro do bolso. Ficamos duas horas na igreja. Depois disso, com certeza, teríamos pelo menos uns cinco meses de tranquilidade dentro de casa.

Ao sair do templo, minha vó e eu entramos no carro, mas meu pai atravessou a rua e demorou um tempão para voltar. Ficamos impacientes com o calor. De repente, ele surgiu com um pacote enorme a tiracolo. Minha avó e eu ficamos animadas:

– O que é isso?

– É uma surpresa – respondeu ele.

Fomos para casa. Meu pai pediu que eu ficasse na sala tomando sorvete com a minha amiga do condomínio. Uma hora depois, ele saiu de dentro do meu quarto e disse para eu ver o que ele tinha feito lá dentro. Eu abri a porta e lá estava uma barraca de *camping* cor-de-rosa. Eu não sabia como esconder a minha alegria. Escalei a barriga do meu pai e o enchi de beijos.

Agora, sentada diante dele, naquele hospital, eu tinha de aceitar o fato de que aquele homem, tão importante para mim, morreria mais cedo ou mais tarde e me deixaria sozinha nesse mundo. Pronto! As lágrimas começaram a escorrer pelo meu rosto. Uma agonia imensa tomou conta de mim. O monitor chato não parava de tocar aquele barulho infernal e eu estava louca para voltar para casa e entrar com o meu pai na cabana cor-de-rosa que ele havia me dado. Minha avó perguntou o que estava acontecendo.

– Meu pai vai morrer, vó?

– Claro que não, garota! – respondeu ela. – Ele está bem. Isso daí deve ser estresse.

Logo, o médico chegou com o resultado dos exames. O meu pai estava bem! Bastariam umas pílulas e tudo voltaria a ser como era antes. Comemoramos! Minha avó juntou as mãos e, para desespero do meu pai, disse:

– Domingo vamos todos à igreja, para agradecer por mais essa benção em nossas vidas.

CAP 06
UMA FRONTEIRA INVISÍVEL

Quando temos doze anos, o tempo passa mais rápido do que o próprio tempo. Meu pai me tratava como uma menininha. Isso não me incomodava. Eu pensava: "Serei adulta por muitos e muitos anos. É melhor aproveitar!".

Minhas amigas viviam reclamando que os pais dela as faziam passar vergonha na frente das pessoas. Os meninos disputavam tudo entre eles e queriam provar que eram capazes de sobreviver sem a ajuda de seus pais. Até mesmo meu priminho Ulisses começava a achar que a sua mãe não deveria beijá-lo na frente dos amigos. E olha que o garoto tinha apenas cinco anos!

Eu fico aqui pensando... Quando somos pequenos, vivemos de mãozinhas dadas, trocamos beijos inocentes uns com os outros e estamos sempre fofinhos e arrumadinhos. Com o passar dos anos, nos tornamos gremlins – criaturas bonitinhas que se transformam em verdadeiros monstros.

Então, eu também comecei a me transformar! Senti isso no dia em que me vesti para aquele fatídico natal de 1993. Como sempre, encontraríamos as mesmas pessoas do ano passado: tias, tios, avós, primos e agregados.

A minha prima mais velha apresentava a cada natal um namorado diferente. Nos primeiros anos, meus familiares se reuniam para falar bem dos rapazes e os comentários eram sempre os mesmos:

– Agora vai, né!

– Dessa vez, a nossa pequena vai se casar!

– Ai, estamos ficando velhos!

– Daqui a pouco seremos avós!

No entanto, com o passar do tempo e com a constante troca de namorados, o discurso mudou um pouco:

– Como é mesmo o nome dele?

– Ele é baixo demais pra ela!

– Dizem que ele ainda está cursando o primeiro ano da faculdade...

– Eu duvido que saia algum coelho desse mato!

Graças a minha prima, eu sei que, quando eu apresentar o meu primeiro namorado ao meu pai, o pobrezinho não se sentirá na obrigação de se casar comigo. Ainda bem! Afinal de contas, quem é que em sã consciência quer se casar com o primeiro namorado?

Os homens adultos da minha família eram tão infantis quanto os meninos da minha idade. Meus tios barrigudos olhavam para mim com cara de idiota, davam cotoveladas no meu pai e diziam, às gargalhadas:

– Você está ferrado, meu caro!

– Um dia vai ter um roqueiro cabeludo abrindo a geladeira da sua casa.

– Sabe o que reza a lenda, não é? Todo homem pegador tem uma filha pra pagar os pecados!

Dãããããããã! Idiotas! Tive bastante tempo para refletir sobre os homens em geral. A maioria era formada por idiotas fracassados! Desde muito nova, eu já era obrigada a aturá-los nas ruas, na escola, nos parques:

– *Sssssssss*, olha que delícia!

– Aqui, gatinha, aqui!

Por isso, sempre gostei do circo. Lá, os palhaços não mexem com a gente!

Quando meu pai ficava alegre, ele bebia além da conta e chegava a se esquecer de seu ateísmo:

– Graças a Deus, o gelo chegou na hora combinada! Tragam mais champanhe, mais uma rodada de vinho! Encham os copos, vamos brindar ao nascimento de Jesus! Veio em boa hora o bom Jesus!

Enquanto a festa de natal rolava, eu gritava na frente do meu armário:

– Vóó! Vóó! A roupa que você comprou não cabe em mim!

– Como assim, como assim? – Minha avó falava comigo enquanto corria para atender ao telefone.

– Vóó, larga esse maldito telefone, eu preciso de você!

Quando a casa estava cheia, minha avó dava atenção para as visitas e era cada um por si.

– Vóó!

Na sala de estar, aquela musiquinha irritante de natal. Os meus gritos não combinavam nem um pouco com esse clima natalino. Uma tia-avó que mora em outro estado veio em meu socorro:

– O que foi, minha filha?

– Esse maldito vestido não cabe em mim! – respondi, quase chorando de raiva.

Àquela altura, eu já estava descabelada e suada. O vestido era dois números inferiores ao meu.

– Não precisa ficar irritada, Alexia – disse ela. – Aposto que o vestido tem uma costurinha aqui que nos permitirá soltar um pouquinho mais o tecido.

Ótimo, grande ideia! Por que as tias velhas acham que tudo pode ser resolvido com uma caixinha de costura? E por que nessas horas sempre aparece um tio idiota para fazer uma piada sem graça?

– Dãã, tão precisando de ajuda? Dãã, eu tenho um canivete... Dãã, agora é só chamar o MacGyver! Dãã!

MacGyver era um famoso personagem de um seriado de TV que conseguia fabricar bombas, aeronaves e liquidificadores com o uso de um canivete e goma de mascar. MacGyver não era Jesus, mas também era capaz de dividir o calendário... Afinal, tudo que fazíamos aos sábados dependia desse bendito programa de televisão assistido por meu pai. Os programas em família só poderiam acontecer antes ou depois do MacGyver. Nunca durante! E se minha avó e eu reclamássemos, ouvíamos sempre o mesmo argumento:

– Eu trabalho a semana toda... Me deixem assistir ao MacGyver em paz!

Não podíamos sequer discutir com ele, pois também tínhamos as nossas taras televisivas. Lembro-me que, em 1993, passaram duas novelas muito boas: *Renascer* e *Fera Ferida*. A primeira contava a história de um coronel que vivia em pé de guerra com o próprio filho. Eu adorava o Marcos Palmeira... Nas nossas brincadeiras, o pobre Ulisses era obrigado a interpretar o papel dele e eu era a Luciana Braga, linda e sempre em busca de um verdadeiro amor. A novela *Fera Ferida*, por sua vez, contava a história de um prefeito que, para enriquecer, convenceu o povo a lhe dar dinheiro para a construção de uma mineradora. Essa história fictícia lembrava o confisco às contas bancárias acontecido anos atrás, a mando do então Presidente da República Fernando Collor de Mello. Odiávamos esse homem, nossa como odiávamos!

Os natais nunca mais foram os mesmos depois do confisco. Os presentes, antes fartos e caros, transformaram-se em brinquedos de quinta categoria. Quando pedíamos algo especial, como uma poltrona inflável para tomar sol na piscina, ou um aparelho de som da Xuxa, ouvíamos sempre a mesma história:

– Desculpe, filhinha, mas papai ficou sem dinheiro por causa do Collor.

Maldito Collor! Em 1992, nos últimos meses de mandato dele, nossa raiva era tão grande que fazíamos verdadeiras passeatas no pátio da escola na hora do recreio.

As passeatas eram tão importantes que conseguiam reunir os meninos e as meninas, os pequenos e os grandes. Lembro-me bem da musiquinha que cantávamos enquanto levantávamos as plaquinhas de *"Fora Collor"*:

– PC[1], PC, vai pra cadeia e leva o Collor com você!

Nunca se discutiu tanto política no Brasil. Alguns tios velhos escoravam seus barrigões na mesa da minha casa e diziam:

– É, o Collor foi um mal necessário.

Eu discordava! Nenhum mal é necessário! Agora, lá estávamos nós, sem dinheiro, tendo de nos conformar com presentes de natal baratos e com outras surpresas terríveis:

– Vóóó, você não percebeu que esse vestido não caberia em mim?

Minha avó não sabia o que fazer: entre *chester*, peru e telefone, abria e fechava o meu guarda-roupa sem motivo. Até que, em determinado momento, ela se cansou e revelou toda a verdade:

– Minha filha, esse ano eu não comprei o seu vestido de natal. Eu não tive dinheiro suficiente. Esse vestido foi usado por sua prima há dois anos e como estava com cara de novo...

– Ah não, vó! Ah, não! – interrompi, aos prantos.

Eu estava pouco me importando se faltasse comida para o natal. Eu não estava nem aí para o fato de termos

---

[1] Paulo César Farias, ex-tesoureiro da campanha de Fernando Collor de Mello, personagem arrolado na acusação que levou o Presidente da República a sofrer um impeachment em 1992.

nos transformado em uma família pobre da noite para o dia. O meu vestido era uma tradição! Todos os anos eram iguais. Eu tinha de ganhar uma roupa de festa ou o natal não faria o menor sentido! As lágrimas pulavam dos meus olhos, sem controle:

— Como é que eu vou sair desse quarto sem a droga de um vestido?

Minha avó abriu o guarda-roupa com uma solução mágica:

— Vamos procurar outra roupa, tenho certeza de que você ficará linda com essa jardineira que eu te dei na Páscoa.

Eu não pude me segurar e gritei:

— Droga, vó, isso é roupa de criança! Isso não aconteceria se eu tivesse mãe!

Pronto! Por um minuto, o tempo pareceu parar. Minha avó arregalou os olhos e me olhou do topo da cabeça até as unhas do pé. Lá fora, o murmurinho deu lugar a um silêncio constrangedor. Um tio barrigudo deu descarga no banheiro. Minha tia-avó suspirou. Eu juro que pude ouvir uma lagartixa se esfregando na parede. Minha avó materna deixou cair os braços e, desiludida com o que acabara de ouvir, me disse:

— É, eu sei como se sente, minha filha.

Minha avó segurou as lágrimas com os dedos e saiu do quarto com a desculpa de que precisava fazer um prato de maionese. Meu tio abriu a porta do banheiro e perguntou:

— Que horas sai o rango?

A esposa dele o mandou calar a boca. Eu tenho certeza que ouvi alguém dizer:

– Essas crianças de hoje... E pensar que tem tanta gente chorando porque não tem nada pra comer no Natal.

Decidida a não fazer mais drama naquela noite, eu peguei a primeira roupa que vi no armário e a vesti. Em seguida, coloquei a fita cassete do *Guns N' Roses* no *walkman*, pus os *headfones* no ouvido e aumentei o volume até o máximo. Como forma de protesto, resolvi ficar muda durante toda a festa. Eu queria explodir o meu cérebro com o *rock* agitado e esquecer aquela noite para o resto da minha vida.

Eu sentia que havia atravessado uma fronteira invisível. Pela primeira vez, eu gritara com a minha avó materna. Tudo a partir daquele momento seria bem diferente.

Nos meus ouvidos, Axl Rose gritava: *Welcome to the jungle, baby!*

CAP 07
A PRIMEIRA MENTIRA DO ANO

É impressionante como a cabeça de uma pré-adolescente pode funcionar. Em um primeiro momento, você é capaz de morrer de amores pela escola e de chorar de saudade por seus colegas de classe; em um segundo momento, de se arrepender profundamente por ter tido esse tipo de pensamento. Foi assim que me senti quando a minha avó materna veio me despertar às 5h40 da manhã para o primeiro dia de aula em 1994.

O céu ainda estava escuro. Eu olhei o relógio e, assustada, indaguei:

– Morreu alguém?

– Não – respondeu ela. – A partir de agora você vai sozinha para a escola.

– Tá de brincadeira comigo, vó?

– Não, não estou não. Eu não posso mais dirigir por causa da catarata, seu pai vai para o outro lado da cidade... e vamos levantando, ou vai perder o ônibus.

– "Ônibus"? O que significa isso?

Minha vó não teve saco de responder. Foi para o seu quarto e dormiu o sono dos justos.

Pronto! Acontecia o que eu mais temia: de uma hora para a outra eu me tornava uma pessoa sozinha no mundo, negligenciada por minha própria família. No entanto, a esta altura do campeonato, outra coisa me deixava ainda mais preocupada: o meu condicionador!

Pulei da cama e fui rezando para o banheiro, na expectativa de que meu pai tivesse comprado o produto certo para eu passar no cabelo. Chegando lá, a minha vontade era de xingar e acordar o prédio inteiro.

– Como é que eu posso ir pra escola agora? – indaguei-me dramaticamente diante do espelho. – O condicionador que uso é o único capaz de definir os cachos do meu cabelo sem me deixar com cara de boneca de cera!

Entrei em pânico. Continuei procurando no armário do banheiro e vasculhei tudo à procura de um milagre. Ali dentro tinha potes e mais potes de xampu e condicionadores da linha infantil que "não causam ardência nos olhos". O meu cabelo estava duro feito uma palha por causa daqueles malditos produtos e eu precisava de um tratamento de qualidade o mais rápido possível.

– Como eu sou burra, como eu sou burra! – bradei. – Hoje é o primeiro dia de aula e ninguém precisa me ver desse jeito!

Para piorar, eu ainda tinha uma espinha plantada na testa. Eu não sabia verbalizar a minha frustração, então, cantei, irônica:

– *It's so easy, easy, when everybody's trying to please me baby.*

Ah, só o Axl Rose podia me entender! Eu não podia colocar os *headfones* dentro do chuveiro, então, meti a fita cassete no meu velho *song play* e levei o aparelho para dentro do banheiro.

– Pronto! Vamos nos virar com o que temos!

Tirei a roupa e me senti uma idiota com aquelas marquinhas de sol deixadas pelas alças do biquíni.

– Ai, ai... Meses e meses que peço para o meu pai comprar um biquíni tomara que caia! Mas ele sempre esquece!

Por falta de hidratante, a minha pele começava a descascar. Em um colégio onde as meninas eram obrigadas a colocar a mesma roupa – o uniforme – havia necessidade de realçar os olhos... E eu não tinha lápis!

– As minhas amigas precisam entender que algo aconteceu comigo e que eu estou diferente da menina que elas conheceram no ano passado. Ai, ai... Espero que o Marcelo tenha mesmo saído da escola!

Mal humorada, vesti aquele uniforme azul sem graça, peguei o dinheiro na mesa do café, passei a mão na merendeira e na mochila e fui para o ponto. Ao entrar no ônibus, senti-me como um peão de obra que chocalha a caminho do trabalho com uma marmita nas mãos. No entanto, a pior sensação de todas foi ver as meninas lindas a caminho da escola. Chorei! Foi nesse momento que percebi que eu estava totalmente despreparada para esse grande evento que é o primeiro dia de aula da 6ª série[2].

---

[2] Sétimo ano atualmente.

Para piorar, todos estavam com suas roupas normais. Ninguém estava de uniforme! SOCORRO!

Filippo se aproximou de mim e disse:

– Você não sabia, Alexia? A partir de agora, não é mais obrigatório vir de uniforme.

Eu queria morrer! Todos pareciam mais velhos e descolados. As meninas usavam roupinhas transadas. Algumas nem tinham levado mochila.

– É o primeiro dia – diziam elas. – Não vamos precisar de material escolar.

Eu juro que vi até uma menina com uma bolsinha de festa a tiracolo. Todas estavam com um rosto radiante. Até a Ticiane, a garota mais feia de todos os tempos, apareceu linda: trocara os óculos pelas lentes de contato, tirara o aparelho e estava um corte de cabelo moderno. Foi a primeira vez na minha vida que me senti verdadeiramente envergonhada. Eu queria virar uma avestruz e enfiar a minha cabeça em um buraco. Eu queria sumir. Pensei até mesmo em fingir que estava doente como justificativa para a minha aparência ruim. Entretanto, logo percebi que isso só pioraria as coisas. Então, resolvi ser legal com todo mundo e tentar sobreviver àquele dia de qualquer maneira.

Olhei em volta: até os meninos pareciam diferentes! A maioria tinha crescido e emagrecido. Alguns estavam com cara de homem, outros estavam esquisitos, com pelos no rosto e um pomo-de-adão gigante! O único que permanecia com a mesma cara de criança era o João Miguel. Foi um dos poucos que chegou à escola de carro, levado pelo pai, e ainda estava com cara de sono. Era possível ver remela em seus olhos, coisa nojenta! Começamos a cair na pele do menino:

– Não tomou banho quando acordou, João?

Eu queria que as pessoas não prestassem atenção em mim, então, tratei de zoar o garoto também. Logo, os inspetores nos encaminharam para uma das salas de aula no segundo andar da escola. Ao passar por minha antiga sala, no primeiro andar, tive saudades e um pouquinho de inveja da turma que lá estava. Aquela era uma sala muito especial, pois tinha um jardinzinho e um lugar onde eu e as outras meninas fizemos um canteiro. De longe, eu vi as florzinhas que havíamos plantado. O que seriam delas sem mim? A chata da Esterzinha, nossa antiga inspetora, estava lá com a nova 5ª série, ditando regras e separando as meninas que chegavam abraçadas. Até disso eu comecei a sentir saudades!

A nossa nova sala era enorme e tinha mais cadeiras do que o normal. Aos poucos, fomos nos dando conta de que ficaríamos juntos outra vez. Agora, sim, já na sala de aula, podíamos nos abraçar e nos felicitar por estarmos juntos, falar das férias e das novidades.

As minhas amigas perguntaram o motivo de eu estar vestida com o uniforme.

– Sei lá – respondi. – Fiquei com saudade dessa roupa ridícula. Além disso, chegamos de viagem ontem de madrugada. As minhas roupas estavam sujas.

A primeira mentira do ano! Acho que era a primeira de toda a minha vida! As meninas engoliram a minha história e tudo pareceu ficar bem. Minha melhor amiga, Marciana, elogiou o meu cabelo. Eu senti que aquele elogio era falso, mas agradeci do mesmo jeito a gentileza. Passei a mão em um elástico e, mais do que rapidamente, prendi os fios em um coque compacto. Sentia-me uma ET. Todas as meninas estavam com os cabelos soltos e eu era a única a prender. Fiquei momentaneamente com inveja dos meninos. Eles não tinham esse problema com os seus cabelos. Podiam usá-los do jeito que quisessem...

Olhei ao redor. Alguns alunos novos... E nem sombra do Marcelo! Tive vontade de perguntar para Israel, seu melhor amigo, sobre seu paradeiro. No entanto, eu fiquei com medo de levantar suspeitas, e a última coisa que eu queria naquele momento era...

Ops, a professora de matemática! Que maravilha começar o ano com uma aula de...

– Atenção para a chamada! Álvaro...

– Presente!

– Alexia...

– Presente!

– Ana Carolina...

– Presente!

OS OLHOS SÃO AS JANELAS DA ALMA

    Resolvi me preparar melhor para o segundo dia de aula. Meu pai não me deixava passar nada no rosto, mas eu consegui um *kit* de sobrevivência com a Marciana, que me permitiria fazer uns ajustes de emergência ao acordar.
    Deixei tudo separado no meu banheiro: uma base leve para a pele, um corretivo para as espinhas e para as olheiras, um pozinho para tirar o brilho e apenas um rímel transparente para dar um toque absolutamente natural aos meus cílios.
    Agora era hora de pensar nos meus cabelos. Eu ainda não tinha o dinheiro necessário para comprar o bendito condicionador – e minha avó já havia avisado que só incluiria o produto na lista de compras do mês seguinte. Então, tratei de colocar em prática uma ideia dada pelo Filippo: com os cabelos levemente úmidos, fiz um rabo de cavalo. Peguei uma meia-calça, rasguei a ponta e a enrolei dentro de meus cabelos, criando dois coques estilo "princesa Leia".

Eu não queria chamar a atenção do meu pai e saí do quarto só para comer uma maçã e voltei para a cama. Minha avó materna me chamou para o jantar, mas eu disse que estava com sono e que queria dormir para conseguir chegar mais cedo à escola. A minha conduta aparentemente responsável deve ter feito o meu pai levantar a sobrancelha por cima do jornal e balançar a cabeça positivamente. Ponto pra mim!

– Amanhã eu vou linda para a escola! De qualquer jeito!

Eu dormi rapidamente. Estava cansada por conta do primeiro dia de aula.

No dia seguinte, às 5h30 da manhã, quando a minha avó foi ao meu quarto para me chamar, eu já estava trancada no banheiro.

– Vamos lá... Água e sabão para limpar o rosto, um lapisinho aqui, uma corzinha ali... Não estou indo para uma festa. É só uma maquiagem básica para mostrar as belezas naturais do meu rosto. Não posso me esquecer de passar um pouquinho de *gloss*. Pronto! Agora é hora de desarmar esses coques, tirar essa meia e descobrir como ficou o meu cabelo.

Desmontei o rabo de cavalo. O cocuruto doía à beça por causa do jeito que estiquei os fios. Mas o que a gente não faz para ficar bonita! Assim que desarmei o cabelo, os meus fios castanhos, que nunca receberam uma tintura na vida, se soltaram e enrolaram na mesma hora. Fiquei até emocionada!

– Esse Filippo sabe mesmo das coisas! – comemorei.

– Agora é só escolher uma roupinha transadinha – gíria

que usávamos na época – e pronto! Escola, aqui vou eu! Xô merendeira! Prefiro ficar com fome a carregar essa coisa brega para a escola. E nada de ônibus!

Catei as moedas do meu cofre e, de posse de uma bolsinha de mão, peguei um táxi. Pensei: "Vai valer a pena o esforço... Já estou vendo o Filippo todo animado na frente da escola dizendo para mim o quanto eu estou maravilhosa. Agora sim, a Marciana vai ter motivos para elogiar o meu cabelo. E os meninos... ah! Esses não vão comentar outra coisa.".

Assim que o meu táxi chegou à escola, eu paguei e fui desfilando até o portão. Para minha surpresa, encontrei apenas o Seu Isaías, o antigo porteiro.

– Está atrasada, Alexia! – disse ele.

Surpreendida, eu respondi:

– Ué, hoje nós não entramos no segundo horário?

– Não, senhora – respondeu o porteiro. – A sua turma já está na quadra para a aula de educação física.

– O QUEEEEÊ? Educação físicaaaa? Como assim?

Isaías ficou perturbado. Nunca em sua vida ele tinha visto uma aluna tão transtornada. O desespero tomou conta de mim. Eu havia esquecido o uniforme de educação física. Para piorar a situação, eu não deveria estar toda emperiquitada para uma aula de condicionamento físico, corrida, aeróbica e sabe-se lá o que mais me obrigariam a fazer.

Eu estava de sandalinha de salto, o que me deixava mais alta. Passei a mão nos ombros do porteiro e, confiando em sua sabedoria popular e na sua sensibilidade, disse-lhe:

– Escute, Seu Isaías, o senhor pode fingir que não me viu? Eu me esqueci de trazer o uniforme de educação física. Eu juro que vou voltar para o segundo tempo de aula e não ficarei muito longe daqui. Vou para aquela padaria tomar um café da manhã, pois, além de não estar vestida apropriadamente para essa aula, estou morrendo de fome! Aliás, por falar nisso, será que o senhor não poderia me emprestar um dinheiro? Eu gastei meus últimos centavos com o táxi.

Não deu outra... Seu Isaías, com toda a sua sensibilidade e sabedoria popular, levou-me diretamente para a secretaria da escola. Acusação: suborno!

– Mas como assim suborno?! – indaguei assustada.

– Suborno às avessas! – acusou Isaías. – Pois além de querer me comprar com simpatia, ainda me pediu dinheiro emprestado.

Eu não podia acreditar no que estava acontecendo: era o meu segundo dia de aula e eu já tinha uma advertência para levar para o meu pai assinar. Para piorar, ganhei falta na primeira aula de Educação Física. Como a frequência servia como avaliação para esta matéria, descobri que, em meu futuro boletim, eu não teria uma nota máxima em Educação Física, coisa que qualquer débil mental poderia conseguir.

Eu estava absolutamente injuriada! Fiz força para não chorar, mas acabou acontecendo. Um rio de lágrimas cruzou o meu rosto levando com ele todo o brilho da minha maquiagem.

Ao chegar à sala de aula, tive de encarar as minhas amigas. Elas estavam animadas, contando as novidades sobre o jogo de vôlei que eu não participara. Elas estavam vestidas com o uniforme de Educação Física, todas suadas, cansadas e ofegantes... e eu vestida de dondoca! Os meninos cheiravam a galinha, mas isso eu já esperava deles. Até o Filippo estava com o uniforme grudando no corpo – pelo que parece, ele entrou em uma de ensinar uns passos de dança para a equipe de torcedoras do nosso glorioso time de futebol.

Um futum de carne seca tomou conta da sala de aula. Eu me sentia um ser cheiroso de outro planeta! Pensei: "Quem é o idiota responsável por montar o calendário escolar? Será que eles não pensam que é estupidez colocar a aula de Educação Física no primeiro tempo? É nessas horas que vemos papéis se transformarem em lencinho para suor, livros se transformarem em abanador e bebedouro se transformar na última Coca-Cola do deserto.".

Os meninos passavam por mim e me ignoravam. Eles só queriam saber de água, de descanso e de se vangloriar de seus feitos no futebol. Fiquei em um cantinho só ouvindo o que eles diziam:

– Teve aquela hora... eu driblei o goleiro e meti no cantinho...

– Pô, e aquela hora que eu cruzei e aquele pereba desperdiçou um gol feito...

Ai, ai, é duro ser mulher, viu! Quando tudo parecia perdido, aconteceu um verdadeiro milagre. Esterzinha entrou na nossa sala e disse:

– Pessoal, vocês não sabem quem eu encontrei perdido no andar de baixo procurando vocês.

Olhamos para a porta e eu só consegui ver um All Star vermelho. Um All Star vermelho novo, desses que ganhamos de presente de natal! Alguém chegava com roupa nova para me salvar! E não era ninguém mais ninguém menos do que o Marcelo. Ele entrou na sala sorridente e a turma toda aplaudiu animada. Nossa, como ele estava lindo! Ele não poderia estar mais bonito. Estava com carinha de menino, mas, ao mesmo tempo, com um corpo mais atlético. Vestia uma camisa soltona do *Taz-Mania*, toda escrita em inglês. A mochila combinava com o tênis e ele usava uma bermuda que ia até os joelhos. Os meninos não perceberam, mas, assim que o Marcelo entrou na sala, todas as meninas arrumaram os cabelos.

Nesse momento, eu me senti o máximo! Eu não precisava arrumar o meu cabelo. Eu estava naturalmente linda.

A professora de geografia entrou na sala de aula e eu me acomodei na carteira, confiante, para finalmente começar aquele ano com o pé direito. Pela primeira vez eu compreendia aquela velha frase: "Azar no jogo, sorte no amor.".

O olho é a janela da alma:
repreende apertado;
fechado, alimenta a paz.
Arredondado diz "calma"!
Apaixonado se liquefaz.

CAP 09

O DRAMA DO AMOR PERFEITO

    1994 era ano de Copa do Mundo e a Seleção Brasileira, pelo que me disseram, havia se classificado com dificuldade para esse campeonato. Eu detestava futebol com todas as minhas forças, mas gostava quando havia jogo do Brasil. Era um momento de reunir a família, fazer pipoca e se vestir com as cores do País. Para mim, o que menos importava de fato era o jogo. Achava chato ficar na frente da televisão por noventa minutos para ter apenas alguns momentos de emoção e euforia. Se bem que naquela época tinha um jogador que eu achava lindo: o Bebeto. Ele era demais! Ele não era o tipo de cara que eu acharia bonito se passasse por mim na rua, mas ele tinha algo que me chamava a atenção.

    Eu sentia que os meninos toleravam o Bebeto porque ele era bom jogador, mas, nas brincadeiras deles, todos queriam ser o Romário, nunca o Bebeto. Acho que é porque o Bebeto gostava de beijar os companheiros de time depois de marcar um gol.

Todos ainda comentavam os dois gols feitos pelo Romário durante o jogo contra o Uruguai no Maracanã, o que finalmente classificou o Brasil para a Copa. De tanto falarmos de futebol, até eu, que não gostava, sabia de cor o nome de todos os jogadores da Seleção. Um saco!

Na televisão, ouvíamos o tempo todo aquela musiquinha chata: *"Eu sei que vou, vou do jeito que sei, de gol em gol, com direito a* replay". O povo brasileiro se lembrava de seu patriotismo após anos difíceis e, mais uma vez, colocava as suas alegrias e frustrações no colo dos esportistas – neste caso, onze jogadores que pareciam nem saber cantar direito a letra do Hino Nacional. Eu sabia direitinho e, aos primeiros acordes da marcha, lá estava eu, de pé, com a mão no peito.

Meu pai me decepcionava em dias de jogo – costumava gritar ou falar palavrões. Aliás, isso foi uma coisa que sempre me incomodou.

> Por que durante o jogo de futebol é permitido falar palavrões?

Meu pai nunca não me deixava falar palavrão. Às vezes, eu estava de mau humor e nem "saco" eu podia dizer. Durante o jogo, porém, ele chegava a me envergonhar.

– Durante o jogo pode, filhinha – ele justificava, com uma lata de cerveja nas mãos.

– *Urgh*! Esporte de ogros! – eu dizia. – Veja se alguém fala palavrão quando assiste a uma apresentação de balé artístico no gelo! E olha que estamos falando de um esporte extremamente difícil e muito, muito, emocionante!

Na minha escola, ninguém queria me ouvir... eu estava absolutamente sozinha com os meus pensamentos.

Aos poucos, fui percebendo que o futebol promovera algumas mudanças de comportamento em nossa turma. As meninas que gostavam de futebol – ou que fingiam gostar – tinham um pretexto para se aproximar dos meninos, e isso me deixava com inveja. Não que os meninos fossem assim tão importantes, não é isso... mas eu queria estar mais integrada com a turma e eles pareciam cada vez mais distantes de mim.

O Marcelo só queria saber de jogar bola. Aliás, ele destruíra a sua bela camisa do *Taz-Mania* ao participar de uma pelada no pátio da escola. Colocaram-no como goleiro. A minha vontade era impedir o começo da partida e tirá-lo de baixo daquelas traves. A chuva do dia anterior havia feito uma poça de lama no chão exatamente no lugar onde ele deveria defender o gol. Não deu outra. Na aula de Português, lá estava o Marcelo, todo imundo. Até a frase em inglês da camisa havia desaparecido. Eu tentei ler o que estava escrito, mas não consegui.

Marciana notou a minha distração e perguntou:

– Alexia, você está a fim do Marcelo?

Um frio correu por toda a minha espinha. Eu engoli seco e respondi:

– Não, o que é isso! Eu estava só tentando ler o que está escrito na camisa dele. Ele é bonitinho, mas gosta muito de futebol pro meu gosto.

Marciana riu. Ela teria feito mais perguntas constrangedoras se o professor de Português não tivesse chamado a nossa atenção.

– Santo professor! – suspirei aliviada. – Às vezes eles servem para alguma coisa!

Na hora do recreio, era possível observar maior interação entre meninos e meninas. Não havia mais as tais "áreas demarcadas" e podíamos andar à vontade pelo pátio. Era engraçado, pois eu não sabia como me comportar quando um ou dois meninos participavam das nossas conversas. Eu sentia que as minhas amigas também ficavam diferentes: pareciam usar uma espécie de máscara para interagir com eles.

Essa época foi muito complicada para o João Miguel. Com o passar do tempo, ele foi ficando cada vez mais isolado e nós não o poupávamos das críticas e da "zoação". Devo assumir que comecei a ficar com dó do rapaz. Ele era literalmente expulso dos grupos de conversa e estava sempre em um canto falando sozinho ou jogando cartas. Nem com os meninos ele podia ficar, pois diziam que ele "não era bom em nada". Passei a prestar um pouco de atenção nesse menino e percebi que, de fato, o corpo dele era um pouco diferente... sei lá, ele parecia um tanto desproporcional. Seus braços eram enormes e quase tocavam os joelhos, ele tinha uma postura péssima e uma baita cara de pateta. Para piorar, a conversa dele era chata e isso incomodava um bocado as pessoas:

– Ai, lá vem o João pra encher o saco! – é o que diziam.

Prestei tanta atenção no menino que ele acabou reparando.

– Ops, é melhor eu olhar pra outra direção – disfarcei.

Quando retornei o olhar, percebi que ele estava me "filmando" e, claro, sorrindo com aquela cara de idiota.

– Olha só quem está caindo de amores por você! – disse o Filippo, olhando para o João.

– Ai, que constrangimento! – eu disse. – É melhor eu sair daqui.

Era a primeira vez que alguém da minha idade se apaixonava por mim. E essa história ainda causaria muita confusão!

Irritada, escrevi no meu caderno:

> O drama do amor perfeito
> nunca é tema de novela.
> Toda paisagem bela,
> é efeito da pintura
> que não vejo na janela.

CAP 10
ESSA TAL DROGA DA OBEDIÊNCIA

Eu fui com a minha avó materna a uma livraria do nosso bairro para comprar o livro paradidático do mês. O vendedor veio nos atender e minha avó me perguntou o nome do livro. Eu precisei abrir a minha agenda para verificar: *A Droga da Obediência*. O vendedor sorriu e indagou:

– Gosta de Pedro Bandeira?

– Não – respondi. – Eu só leio algo quando preciso fazer um trabalho para o colégio.

– Sabe – disse o homem. –, não trabalho como vendedor porque preciso. Eu tenho outros objetivos que vão muito além do dinheiro.

Àquela altura, eu já estava pensando: "Ok, mas o que isso tem a ver comigo?". O vendedor percebeu que eu estava desinteressada e, sem procurar muito, pegou um livro em uma das estantes. Eu olhei a capa e me admirei:

– O que é isso? Esse não é o livro que eu tenho de ler.

O vendedor havia me dado uma obra de Pedro Bandeira intitulada *A Marca de Uma Lágrima*. Eu não entendi nada.

– Calma! – disse o vendedor. – Esse livro você vai ler de hoje para amanhã. E o outro – agora sim, me dando o livro correto – você lerá logo em seguida.

– Você só pode estar maluco! – eu disse, rindo de nervoso. – Eu tenho prova daqui a uma semana e você acha que eu vou conseguir ler outro livro no meio disso?

A minha avó ficou parada observando a cena. Se fosse uma blusa ou um sapato, ela com certeza concordaria em ir embora. No entanto, como eram livros...

– Fala sério, você está querendo vender livros para ganhar mais comissão – acusei.

– Não – respondeu o jovem vendedor. – Eu vendo livros porque sou absolutamente apaixonado por literatura. Vamos fazer o seguinte: caso não goste da obra do Pedro, eu devolvo o seu dinheiro.

Eu olhei para a minha avó. Ela sorriu e deu de ombros. No fundo, acho que ela estava gostando dessa situação inusitada. Eu me achava muito esperta e desafiei:

– E se eu gostar do livro e disser que não gostei só para ter o dinheiro de volta? Como é que você poderá saber?

O vendedor riu e respondeu:

– Quando você gosta de um livro, você quer ficar com ele de qualquer jeito. E nós sabemos quando o cliente gostou de uma obra, porque ele volta todo amassado e cheio de orelhas...

– Eu não amasso os livros que leio – argumentei.

– Estou falando do cliente, não dos livros!

Minha avó deu uma gargalhada.

– Isso foi algum tipo de piada? – indaguei. – Eu não entendi muito bem...

Com bom humor, o vendedor continuou:

– Leve *A Marca de Uma Lágrima*. Tenho certeza de que você vai querer conversar comigo sobre tudo o que leu.

Ainda desconfiada, indaguei:

– Por que você acha que eu vou querer discutir o livro com você?

Mantendo seu bom humor, o vendedor respondeu:

– Porque eu lhe farei provar a "droga da obediência", que a fará voltar aqui para comprar uma tonelada de livros todos os meses comigo. Prometo ensiná-la a gostar de ler.

Eu ri:

– Hahaha, não sou nem um pouco obediente, meu caro!

O vendedor respondeu:

– É, sim, você é que não sabe disso. Na sua idade, todos são! Você senta na carteira escolar e deixa que os professores comandem você. É simples! Você é apenas uma passageira de uma nave estelar que deixa a responsabilidade da condução para seus pais e professores. Até mesmo os seus atos de rebeldia são uma forma de acomodação, pois, no fundo, o que você deseja é testar os limites dos seus responsáveis para se sentir segura dentro de um raio de ação. Um dia, porém, tudo isso vai mudar. Não espere ficar adulta para começar a tomar conta da sua vida. Faça isso agora, por conta própria, por meio da leitura. Sua vida será mais fácil quando você precisar conduzir a sua própria espaçonave.

Eu fiquei pensando: "Como é que um vendedor pode ser tão irritantemente teimoso?". O dono da livraria teria de lhe dar um aumento, pois eu já estava convencida a levar os dois livros só para me ver livre daquele blá-blá-blá.

– Tá bom! – eu disse, conformada. – Onde é que a minha avó paga?

– Ali, ao lado, no caixa – sorriu o vendedor. – Sejam bem-vindas à nossa livraria! E parabéns pelas aquisições. O livro *A Marca de Uma Lágrima* é uma obra bem feminina que lhe dará boas dicas sobre como lidar com a paixonite aguda que você está sofrendo neste momento.

Eu já estava indo embora, mas tive de retornar:

– Como assim? Como você pode achar que sabe o que acontece na minha vida?

– Ops, desculpe! – respondeu o vendedor, sorrindo. – Leia esse livro. Você perceberá que não é a única pessoa da sua idade que tem uma paixão absolutamente platônica e secreta!

Despedi-me da minha avó materna e fui para a casa da "Dona Zezé do 101" pisando duro:

– Putz! Era só o que me faltava! Quer dizer que, além de tudo, eu sou óbvia? Que história é essa? Eu não posso imaginar que um escritor possa criar uma personagem igual a todas as meninas de minha idade. Que inferno! Aposto que essa obra é chata. Eu duvido que um autor homem seja capaz de falar sobre os sentimentos femininos com essa facilidade toda! Afinal, o que os homens, esses ogros, sabem sobre as mulheres? Se eles soubessem alguma coisa a nosso respeito, se interessariam mais por coisas que nós gostamos: moda, música e pipoca cor-de-rosa...

Eu ainda estava extremamente incomodada com o fato de ter de gostar de futebol para poder me aproximar dos meninos. Tem muitos assuntos legais no mundo, e *rock* é um deles! Naquela época, porém, os garotos que gostavam de *rock* me davam medo: viviam vestidos de preto, com olheiras profundas e correntes penduradas. Alguns tinham um corte de cabelo *punk*, outros só sabiam reclamar da vida. E pior é que eles só curtiam *rock* pesado. Pô, nada a ver!

Ao chegar à casa da minha avó paterna, não aguentei de curiosidade e abri a porcaria do embrulho – o vendedor havia embrulhado os livros em um papel de presente, pois, segundo as suas ideias malucas, aquilo era "um presente meu para mim mesma". Ri-dí-cu-lo!

Resolvi seguir a dica do vendedor e comecei pelo livro *A Marca de Uma Lágrima*. Logo de cara, percebi que era um livro surpreendentemente fácil de ler.

Às dez horas da noite, corri para a cama da minha avó. Eu disse que estava cansada de ficar sozinha e que precisava ficar um pouco ali com ela. Era verdade! A personagem central do livro, Isabel, era tão solitária que isso me deixou com muita vontade de chorar. Agradeci a Deus por ter meu pai ao meu lado!

Assim que me pai chegou para me buscar, desmoronou na cama da mãe dele. Continuei a minha leitura em cima de sua barriga. Fiquei pensando: "Esse tal de Pedro

Bandeira é como meu pai: é homem, barrigudo e velho, mas sabe criar uma garotinha.". Meu pai roncava engraçado e isso me fazia rir. Eu já estava na metade do livro quando meu pai acordou sentindo o cheiro horrível do cigarro da minha avó.

– Vamos pra casa – anunciou ele.

– Não pai, espera um pouco! – protestei. – Esse é o primeiro livro que eu gosto de verdade e eu quero saber como termina!

Minha avó pegou o livro da minha mão e falou com autoridade:

– Agora tá na hora de ir embora. Quando você voltar da escola amanhã, você continua a leitura. Há hora para tudo nessa vida.

Falou e disse! Eu estava tão apaixonada pela história do livro que demorei muito para dormir naquela noite. Fiquei na cama rolando de um lado para o outro, pensando nos crimes que aconteciam na escola onde a protagonista estudava.

De repente, comecei a ter outro tipo de pensamento: "E se eu me tornar escritora quando crescer? Poderei ser colega do Pedro Bandeira e quem sabe até escrever um livro com ele. E agora? O que eu faço para chamar a sua atenção?".

Naquele momento, eu prometi para mim mesma: "Posso não ser a aluna mais bonita ou mais simpática da escola; posso não ser a garota com as melhores notas do mundo, mas eu serei considerada a fã número um desse escritor, nem que para isso eu tenha de ler todos os livros dele.".

E esse seria o primeiro grande desafio da minha vida.

Até pensei em dar os livros de minha coleção para os amigos que abrigo com ternura no coração. No entanto, ao contrário da intenção, no armário mora a literatura, cujo olor perdura e se desfaz na minha mão. Assumo o ciúme, o curtume de egoísmos que em mim tem verdadeiro crivo. Da minha obsessão não me LIVRO! Guardarei os volumes que jogam lumes nos meus dias de então como os malhos diários que iluminam cenários na minha imaginação.

CAP 11
CAMPO DE EXPERIMENTOS

Eu já não podia andar sozinha pelo pátio da escola. Todas as vezes que isso acontecia, o João Miguel aparecia. Era insuportável! Ele vivia com uma camisa de manga comprida em pleno calor. Eu ficava incomodada só de olhar para ele. Para piorar, o cidadão não gostava de cortar os cabelos e mantinha um franjão que não combinava com o seu rosto.

Certo dia, lá estou eu no laboratório de ciências analisando um carrapato – estávamos estudando esses bichos nojentos – quando o João se aproximou de mim com os cabelos molhados. Eu fingi que não reparei na sua presença, mas, em determinado momento, o cabelo dele começou a pingar na mesa. Alguém deve ter-lhe dito que isso era sexy. O mais engraçado era vê-lo tentar me impressionar jogando aquele franjão molhado para o lado. Ele ficou parado, me olhando mexer no carrapato com um palito.

– Quer que eu estoure esse carrapato pra você?

Passaram-se alguns segundos; ele ficou me encarando. No planeta de onde ele veio, provavelmente aquela era uma frase legal, do tipo "você está muito bonita hoje, Alexia, merece um prêmio".

Marcelo estava do outro lado da sala. Ah, como eu queria que fosse ele o apaixonado por mim! Se o Marcelo tivesse se aproximado de mim e perguntado: "Você quer que eu estoure esse carrapato para você?", eu já não acharia a situação tão ridícula. Na verdade, seria até divertido vê-lo fazer isso. Com o pretexto de estar morrendo de nojo, eu pegaria na sua mão. O João Miguel, porém, já era o próprio carrapato na minha vida. E não me pareceu correto ele querer esmagar um indivíduo de sua própria espécie!

Não sei o que deu em mim, mas, quando me dei conta, já tinha verbalizado esse meu último pensamento. Na mesma hora, me arrependi. O fato é que eu estava realmente irritada com o fato de aquele chato estar apaixonado por mim. Nunca, em hipótese alguma, eu poderia imaginar que pudesse ser a musa de um garoto como aquele. Nunca!

O João não disse nada. Ele apenas se afastou, mas não antes de ser zoado pelo Filippo e pela Marciana, que faziam parte do meu grupo de estudo.

Pronto! Estava decretado o inferno astral do João Miguel. Filippo e Marciana espalharam a notícia e todos ficaram sabendo que ele estava a fim de mim. As pessoas comentavam pelos corredores e todos caíam na gargalhada. Eu recriminei a Marciana e o Filippo por terem sido tão fofoqueiros. Eles me pediram mil desculpas e disseram que não podiam imaginar a repercussão que a coisa ganharia. Era a primeira vez na história da nossa turma que alguém se interessava por um colega e isso era esquisito para todo mundo.

Eu já imaginava que o primeiro a revelar seus sentimentos teria de enfrentar a reação dos outros. Sendo o João Miguel então... Se antes eu já tinha vontade de me esconder por qualquer coisa, agora eu pensava em uma maneira indolor de me matar.

Ao passar pelos corredores, meus colegas batiam nos meus ombros e diziam:

– João Miguel, hein, que beleza!

Outros, mais cruéis, diziam:

– Se forem ter filhos, torça para não puxarem o pai. Saco, saco!

Fiquei feliz por ter a Marciana ao meu lado o tempo todo. Quando a galera me zoava, ela dizia:

– Isso aconteceu porque a minha amiga é linda e ela não tem culpa de ser assim.

Se a coisa não estava sendo fácil para mim, imagina para o pobre coitado do João! O garoto deixou de ir à escola por uma semana. Soubemos depois que ele estava matando aula. Uma vizinha dele denunciara o fato. Seus pais não sabiam de nada. Agora estava confirmado! João Miguel, o garoto mais idiota de todos os tempos, estava terrivelmente apaixonado, a ponto de não querer encarar o seu grande amor.

A mãe do João foi chamada na escola e soubemos que ele teria até o final do semestre para entregar um trabalho a fim de compensar os dias de falta. Assim que João reapareceu, a turma, impiedosa, caiu toda em cima do menino:

– Uhuu, João, João, vai beijar a Alexia!

– João, João, manda flores pra ela!

– Começa a malhar e não se esqueça de tomar banho depois!

– João, João!

O rapaz sentou-se na cadeira, humilhado, e nada respondeu. Filippo olhou pra mim e disse:

– Acho melhor você evitar ficar constrangida e levar isso tudo na esportiva, senão o pessoal vai pegar no seu pé também.

Santo conselho! Apesar de eu me sentir culpada por ter, sem querer, começado essa revolução, passei a rir das piadas e voltei a ignorar totalmente o João Miguel e qualquer sentimento que ele tivesse por mim. Na verdade, eu só estava preocupada com uma coisa: em não queimar o meu filme com essa situação.

A escola é muito mais do que um local de estudo: é um campo de experimentos, onde a tolerância é pequena, e o espaço para erros, menor ainda.

Todas as vezes que Marcelo dava uma risada, eu indagava:

– Será que ele está rindo de mim?

De uma hora para outra, as pessoas passaram a prestar atenção em mim, mas não de forma positiva. Quando eu abria a boca para falar algo, as pessoas olhavam imediatamente para o João Miguel. E o idiota nem disfarçava, ficava com aquela boca aberta, o que dava oportunidade para todos comentarem. Até na hora de jogar vôlei, as pessoas, sem noção, davam um jeito de colocar João no meu time. Isso me irritava profundamente. Não era ele quem eu queria! Eu queria o Marcelo!

Nessa época, o Marcelo começou a ir para a escola com um tipo de camisa de capuz sem manga que os meninos usam nos Estados Unidos para jogar basquete. Ele ficava perfeito... Eu gostava de tudo no Marcelo: o seu jeito de sorrir, o seu jeito de olhar, até mesmo o seu jeito de comemorar um gol. Mesmo sem nunca ter conversado com ele, eu percebia que tínhamos gostos parecidos. Eu sabia que um dia ele olharia nos meus olhos e entenderia o que sinto.

Nesse dia, com certeza ele me diria: *"When I look into your eyes I can see a love restrained"*. Sei que pode parecer idiota, mas, nos meus sonhos, o Marcelo pegava o violão e cantava *Sweet Child O' Mine* com sua voz rouca e doce só para mim.

CAP 12

A DOUTRINA DA SAUDADE

Feriado prolongado! Que maravilha! As coisas na escola não estavam lá muito bem e ficar em casa alguns dias não seria nada ruim.

O diretor havia divulgado o resultado das primeiras notas e um fato que chamou a atenção de todos foi a queda geral de produtividade. No ano anterior, eu teria sido capaz de chorar se meu boletim tivesse uma nota inferior a 8, mas agora eu estava pouco me importando com o 7,5 que havia tirado em matemática. A coordenadora pedagógica chegou a se trancar comigo em seu gabinete e me fez um monte de perguntas. Por último, com aquele ar de preocupada, me indagou:

– A que você atribui a sua falta de rendimento nesse primeiro bimestre, Alexia?

O fato é que a escola se transformara em um lugar extremamente entediante. Meus colegas estavam chatos e não agiam mais com naturalidade. Todos encenavam um personagem e queriam ser melhores em tudo. Ninguém dava mais bola para as histórias de terror e mistério que nos assombravam no passado e não havia entre nós muito espaço para a infância que ficara para trás há tão pouco tempo. Eu sentia que nossos novos professores eram impessoais e que as aulas não permitiam abordagens lúdicas e divertidas. Eu precisava urgentemente de uma aventura.

O vendedor de livros estava arrumando uma prateleira enquanto ouvia atentamente os meus discursos. Santo homem!

– Espero que o Pedro Bandeira não seja um dos culpados pela queda de seu rendimento escolar – disse o rapaz.

Eu pulei da cadeira e, abrindo o boletim, disse:

– Não, ao contrário! Essa nota 9 em Língua Portuguesa foi graças ao livro que li! Você sabia que eu consegui ler os dois livros que você me vendeu em quatro dias?

– Ah, que maravilha! – exclamou o vendedor. – E o que você achou de A *Marca de uma Lágrima*?

– Eu adorei! Só não entendi muito bem a parte em que a Isabel, protagonista do livro, fala sobre cobras e aranhas e entra em uma espécie de êxtase. Fiquei "boiando" sem entender o que estava acontecendo com a garota. Ela ficou piradinha!

O vendedor parou de empilhar os livros e, com um sorriso bobo no rosto, indagou:

– Você não entendeu o que aquilo significa?

– Não – respondi. – Pensei que você pudesse me explicar.

O vendedor ficou tão desconcertado que, sem querer, derrubou a pilha de livros no chão.

– O que houve com você? – indaguei.

O vendedor agachou-se para catar os livros e disse:
– É melhor mudarmos de assunto. Está calor, não é?

O comportamento do vendedor me deixou ainda mais curiosa:

– O que você está escondendo de mim?

O pobre funcionário da livraria arrumou os livros na prateleira e respondeu:

– Nada! Você é esperta, é adolescente. Mais cedo ou mais tarde vai entender porque a personagem teve aquele êxtase.

– Eu posso perguntar para o meu professor.

– Não! – exclamou o vendedor. – Não vai perguntar sobre isso não! Pergunte sobre tudo, menos sobre isso. A não ser que queira ser zoada na escola para o resto da sua vida.

Eu não entendi nada e critiquei:

– Poxa, você parece as minhas avós. Elas sempre escondem tudo de mim!

– É mesmo? – indagou o livreiro.

– É – respondi. – Meu pai também é assim. Eles acham que estão me protegendo, mas no fundo estão me expondo ao ridículo.

– Nada mais natural, Alexia – disse o vendedor. – Eles são de outra geração, filhos de uma época obscura, de ditadura militar, onde não havia muito espaço para a liberdade de opinião e de informações. Foram épocas proibitivas, de maniqueísmos e de pragmatismo político. Você pensa diferente dos seus pais, pois vive em tempos democráticos.

Entediada, resolvi mudar de assunto:

– A minha avó está tão empolgada com o meu interesse pelos livros, que, apesar das notas do meu boletim, me deu dinheiro para comprar um volume novo.

O vendedor parou de estocar livros e, com a mão nas costas doloridas, disse:

– Essa é uma grande notícia! Você deveria se orgulhar. Ali está a prateleira de livros juvenis. Ela é toda sua!

Olhei para o vendedor e, intransigente, disse:

– Nada disso! Que porcaria de vendedor é esse que não atende direito o seu cliente? Você precisa me convencer, como fez da primeira vez.

O vendedor se levantou com uma caixa de livros nas mãos e replicou:

– Eu não! Você já está mordida pelo bichinho da leitura. Já foi infectada pela droga da obediência. Agora dá uma olhadinha ali na coleção, escolha a próxima droga que deseja consumir e não me encha o saco!

Olhei para a estante e um dos livros me saltou aos olhos:

– *A Droga do Amor*. Perfeito!

Se eu precisava de alguma droga naquele momento, essa droga se chamava "amor". O vendedor voltou-se para mim e disse:

– Último lançamento do Pedro Bandeira. Ainda não tive tempo de ler.

Foi aí que eu tive uma ótima ideia:

– Já sei! Eu vou ler e te contar tudinho. Assim, quando algum adolescente entrar aqui, você não titubeará na hora de vender o livro!

O vendedor fez um biquinho engraçado, levantou os olhos e balançou a cabeça, concordando.

– Parece uma boa ideia – ele disse. – Mas eu quero essa resenha até sábado, ouviu mocinha!

– Deixa comigo!

Eu saí correndo pelos corredores da livraria.

Quando o vendedor voltou-se com o meu troco, eu já tinha ido embora da loja.

– Essa menina é louca – disse a velhinha que ficava no caixa.

– Bota louca nisso – riu o vendedor. – Pegue esse dinheiro, ficará de crédito para o próximo livro que ela comprar.

O livro *A Droga do Amor* era uma aventura com os mesmos personagens de *A Droga da Obediência*. Tomada pela ansiedade, li a obra em menos de 24 horas.

No sábado, eu já estava de prontidão na porta da livraria às 8h da manhã quando o meu amigo vendedor chegou. Ele ignorou a minha presença, passou direto assobiando e fingiu dar com a cara no poste. Eu ri. Que idiota!

– Quantos anos você tem? – indaguei.

– Vinte – ele respondeu.

– E qual é o seu nome?

O vendedor tirou a chave do bolso e começou a abrir as grades de ferro que protegiam a livraria.

– Não está cedo demais para um interrogatório?

Eu ri.

– Só diz a porcaria do seu nome – ordenei, mal-educada.

– Henrique!

– Henrique de quê?

O vendedor respirou fundo e respondeu:

– Henrique Tomaz de Alencar. Satisfeita agora?

– Sim – respondi estendendo-lhe a mão. – Muito prazer, meu nome é Alexia!

– Muito prazer – respondeu Henrique.

Ficamos balançando as mãos no meio da rua.

– O que significa isso agora? – indagou o vendedor.

– Sei lá – respondi. – Acho que somos amigos, afinal. Não era isso que você queria desde o começo?

Henrique abriu a porta da loja e respondeu:

– Claro que não. Eu só queria mesmo era vender livros pra você. A gente vive de comissão aqui.

Eu ri. Mal sabia Henrique que eu também era capaz de envenenar as pessoas com uma espécie de droga:

– A droga do encantamento.

– Muito bom – disse Henrique. – É por isso que você está aqui plantada me esperando?

– Não, respondi. – Eu estou aqui porque já li o livro novo do Pedro Bandeira e lhe trouxe a resenha conforme o combinado.

Henrique arregalou os olhos:

– Não diga!

– Sim, senhor – respondi, entregando-lhe o papel com a resenha. – Li tudinho em menos de um dia e agora quero outro!

– Impressionante – disse o vendedor. – Só tome cuidado, senão a sua mãe vai achar que está mentindo para conseguir dinheiro para comprar drogas!

Eu entortei a minha boca e, em tom de segredo, disse:

– E não é exatamente isso que estou fazendo? Afinal, os livros podem não ser baratos, mas nos dão um barato danado e nos fazem viajar por mundos paralelos.

Henrique riu. Eu pedi para que ele se abaixasse e sussurrei no seu ouvido:

– E não se preocupe, pois eu não tenho mãe.

Henrique ficou paralisado:

– Nossa, me desculpe, Alexia, eu não sabia.

– Não, não se preocupe, não se preocupe mesmo – eu disse, me fazendo de forte. – Não tenho tempo para me ligar nesse tipo de trauma.

Finalmente entramos na livraria. Que cheiro delicioso as livrarias têm! Henrique acendeu as luzes e, de posse de um violão que ele mantinha guardado em um cantinho da área destinada ao caixa, cantarolou uma canção improvisada:

– *"Se o seu dinheiro foi comido pela traça, volte outro dia, pois não vendemos livros de graça!"*

Fiquei encantada:

– Eu não sabia que você tocava violão!

– Pois é – respondeu Henrique. – Nem eu! Hoje é dia de sarau aqui na loja.

– Dia de sarau? O que é isso? – indaguei.

Henrique me levou para o segundo andar da loja, onde havia várias cadeiras arrumadas para o grande evento.

– É um encontro com músicos, atores, poetas e intelectuais que gostam de dividir sua arte com os amigos.

– Nossa! E será que eu também posso participar? Eu adoro escrever poemas...

Henrique sorriu e coçando a nuca disse, preocupado:

– Não sei se é uma boa ideia, Alexia. Você é muito nova para esse tipo de evento. Além disso, os artistas gostam de bebidas alcoólicas e, às vezes, rola até uns poemas de baixo calão...

Eu dei uma risada abafada:

– Bebidas e palavrões... É o que eu chamo de lar em dias de jogo.

– Não é a mesma coisa – sorriu o vendedor.

– Você podia fazer um sarau só para adolescentes.

Henrique fez um movimento positivo com a cabeça:

– É... é uma boa ideia!

O vendedor foi até o setor de dramaturgia e passou a mão em um dos volumes que ali estava.

– Que livro é esse, Henrique?

O rapaz abriu o livro de capa dura e respondeu:

– Chama-se *Cyrano de Bergerac*. É um clássico escrito por Edmond Rostand sobre a vida e a obra de um escritor que estava apaixonado por uma mulher.

– É uma peça de teatro? – indaguei ao abrir o livro.

– Sim – respondeu Henrique –, assim como a vida. Nossa vida é um roteiro de teatro. O fim não é definido e nós somos os atores. O mistério da vida é o que encontramos a cada página, a cada curva, a cada bifurcação de nossa existência.

Eu desdenhei da filosofia do vendedor e passei a mão no *livro O Fantástico Mundo de Feiurinha*.

– Eu prometi pra mim mesma que lerei todos os livros do Pedro Bandeira e não posso perder o meu tempo com obras de outros autores.

Henrique abaixou a guarda:

– Você é quem sabe... Mas é uma pena! Saiba que este livro que você está desprezando poderá ajudá-la a entender melhor a literatura do Pedro.

Eu fiquei paralisada:

– Como você que você sabe que eu preciso entender a...

– Já tive a sua idade, linda. Aposto que haverá uma feira literária na sua escola e que você apresentará um trabalho sobre este autor.

Eu arregalei os olhos, assustada:

– As melhores apresentações serão feitas diante de toda a escola e...

– Alexia – cortou o vendedor. – Não há mal algum em se fascinar por um autor. Eu já fiz pior! Apaixonei-me pela quinta filha do Sr. Bennet, personagem do livro *Orgulho e Preconceito*, de Jane Austen.

Eu ri:

– Haha, que maluco!

– Pois é! – concordou o vendedor. – Quando lemos, recriamos aquele mundo e ele se torna real, às vezes, mais real do que o próprio mundo onde vivemos. Isso acontece porque essas histórias despertam as nossas emoções.

Eu saí da loja meio encucada, mas logo me lembrei do sarau e, aos gritos, indaguei:

– Mas eu posso vir ao sarau?

– Claro! – respondeu Henrique. – Desde que venha acompanhada de um adulto!

– Droga, minha avó tem uma festa e meu pai...

Bom, esse não era o tipo de programação que ele gostava de ter em um sábado à noite. Não adiantaria nem pedir para ir sozinha, pois ele com certeza não deixaria. Eu estava ferrada e só pensava em uma coisa: "Como eu gostaria de ser adulta para poder fazer o que eu bem entendo sem ter de dar satisfações a ninguém.".

Liguei para a minha prima mais velha. Ela com certeza sairia comigo se eu pedisse. No entanto, eu estava enganada. Ela não abriria mão dos barzinhos e das boates. Eu estava sozinha.

Fiquei pensando: "Se a vida é uma peça de teatro, onde estará a minha plateia? Deve ter ido embora, ou se cansado de mim e desse roteiro sem graça, dessa minha rotina chata. Quando a luz da ribalta se apagar e as cortinas fecharem, receberei vaias ou aplausos?".

Sossega no leito da esperança
o meu coração.
Reza a doutrina da saudade
a minha mente adormecida.
Minha alma se esvai solitária entre
os caminhos do destino.
e o gosto amargo da solidão infecciona
as minhas feridas.

PIADA DE MAU GOSTO

Na segunda-feira de manhã, o telefone tocou. Minha avó materna atendeu e passou para mim:
– Tome, Alexia, é pra você.
Eu peguei o aparelho e do outro lado ouvi uma respiração forte.
– Quem é? – indaguei. – Quem é?
De repente, a ligação caiu.
– Quem era, vó?
– Não sei – respondeu ela. – Acho que era aquele seu amigo efeminado.
Fiquei danada da vida:
– Não fala assim do Filippo, vó. Ele é um dos meus melhores amigos!
Minha avó fez um muxoxo, pegou a bolsa e saiu de casa. Eu fiquei totalmente pasma. Uma coisa era ouvir os ogros dos meus colegas falarem mal do Filippo, outra coisa era ouvir esse tipo de comentário preconceituoso da boca da minha avó. Eu não podia fazer nada, apenas fechar a cara e tomar o meu café.

Novamente o telefone tocou. Eu atendi já falando:

– Bom dia Filippo, daqui a pouco a gente se vê na escola!

Do outro lado, apenas o barulho de respiração forte.

– Filippo, é você?

Escutei uma voz rouca do outro lado da linha:

– Não.

– Quem é que está falando, então? Filippo, que brincadeira é essa?

De novo, a voz rouca:

– Encontrarei você no ônibus 437.

Um frio percorreu a minha espinha:

– Como assim? Quem está falando?

Tu, tu, tu, tu... A ligação caiu. Eu fiquei apavorada. O ônibus 437 era exatamente o veículo que eu pegava para ir à escola. Não havia ninguém em casa, eu estava sozinha.

Sem saber o que fazer, peguei as minhas coisas e fui andando até a escola. É óbvio que cheguei atrasada, descabelada e absolutamente assustada. Peguei o Filippo pelas mãos e, ignorando totalmente o professor de História, indaguei:

– Foi você que me ligou?

Filippo não entendeu nada:

– Do que você está falando, Alexia?

Eu respirei fundo. Ainda trêmula expliquei:

– Alguém ligou lá pra casa. Disse que ia me encontrar no ônibus. Eu fiquei com medo. Foi você?

O professor de História notou que eu não estava bem e indagou:

– Alexia, o que está acontecendo?

Filippo pegou minha mão e respondeu:

– Nada não, professor, ela só está um pouquinho nervosa.

Pronto! Agora todos os alunos queriam saber o que eu tinha. Havia dezenas de rostos ao meu redor e eu lutava para respirar. Marciana pegou a minha mão e disse:

– Nossa, como ela está gelada!

Àquela altura do campeonato, o professor já tinha pedido a ajuda aos inspetores da escola e eu só me lembro de sentir o meu coração bater forte como um tambor.

Bom, agora eu sabia o que era ser tachada de maluca ou lunática pelo pessoal. Pensei na garota que cismava ter visto os olhos da estátua de bronze se mexer. Que fim ela teria levado? Com certeza nos encontraríamos no mesmo hospital psiquiátrico onde envelheceríamos catando piolhos uma na outra. Eu tive muito medo. Por sorte, me levaram para a enfermaria, onde, finalmente, pude desmaiar em paz.

Quando acordei, senti que a minha língua estava dormente.

– É por causa do calmante que lhe demos – explicou a enfermeira.

Eu levantei da cama e, ainda grogue, perguntei pelas horas. A enfermeira me informou que era quase uma hora da tarde.

– Ótimo, perdi o dia todo de aula! – exclamei, irritada.

A enfermeira explicou que, quando eu acordei do desmaio, continuei muito agitada.

– Precisei medicar você – explicou ela. – Durante o sono, você falou coisas sem sentido. Diga-me, Alexia, quem é Isabel?

Parei para raciocinar e, vencendo o sono, lembrei-me da heroína de *A Marca de uma Lágrima*. Fiquei com vergonha de revelar que se tratava de uma personagem da literatura e disse:

– É uma conhecida minha... Mas o que Isabel tem a ver com tudo isso?

A enfermeira fez um olhar de piedade e respondeu:

– Você acordou do desmaio e me pediu para chamar por essa moça para que ela desvendasse um mistério. A que mistério você estava se referindo, Alexia?

Eu engoli seco.

– A turma assistiu a esse meu ataque?

– Não – respondeu ela. – Apenas eu presenciei os seus delírios.

– Ufa! – respirei aliviada.

– Sua avó paterna está aqui. Ela ficou com você enquanto dormia. Acho que saiu por alguns minutos para comprar algo para comer.

– Sei... – respondi, cética. – Ela deve ter saído para fumar, isso sim.

– Devo lhe dizer que seus amigos gostam muito de você – disse a enfermeira. – A cada cinco minutos vinham aqui para saber detalhes sobre o seu estado de saúde. Deve ser bom ser tão amada assim.

– Ah, aqueles dois me amam – eu disse, referindo-me ao Filippo e à Marciana. – Não sei o que seriam deles sem mim.

A enfermeira usou o papel de receita para se abanar e respondeu:

– Uau, não sei o que eu teria feito se, na sua idade, soubesse que dois meninos gostavam tanto assim de mim.

Eu quase pulei da maca:

– Como é que é? De que meninos você está falando?

A enfermeira pôs-se a pensar:

– Teve um moreno com carinha de bobo apaixonado e um lourinho com cara de príncipe.

– Eu não acredito nisso! – exclamei. – E o louro? Ele também voltou aqui várias vezes?

– Sim – respondeu a enfermeira. – Um chegava, passava um tempinho e o outro também vinha. Foi assim a manhã toda! Precisei ser rude com eles para que a deixassem em paz.

Meu coração queria transbordar de tanta alegria. Eu só conseguia pensar no Marcelo e na sua preocupação com a minha saúde.

– Essa é a confirmação que eu precisava!

Logo, a minha avó paterna chegou carregando três salgadinhos bem gordurosos. Ela estava assustada e disse que, quando recebeu a ligação do diretor da escola, ficou tão nervosa que largou o fogão da casa ligado.

– Você é a responsável por eu estar comendo essas coisas gordurosas novamente, menina! Isso é susto que se dê na sua avó?! O que foi que houve, afinal?

Imediatamente eu contei para a dona Zezé tudo o que se passara comigo: a ligação, a voz rouca, aquela espécie de ameaça. A minha avó só conseguia pensar em trote:

– Você conhece os seus primos, menina, isso com certeza foi uma piada de mau gosto de algum conhecido nosso! Fique tranquila. Afinal, por que alguém em sã consciência ia querer fazer mal logo a você? Você não é rica, não é Miss Universo... tem gente aí mais endinheirada e linda para ser ameaçada. Vamos embora que amanhã é um outro dia!

Ah, a minha avó... só ela para conseguir levantar a minha moral.

CAP 14
CÉU DE UM VERÃO PROIBIDO

Após ler *O Mistério de Feiurinha* fui à livraria contar os últimos acontecimentos ao Henrique e comprar o livro com a peça de teatro francesa que ele havia recomendado.

Henrique ouviu todo o meu relato sobre o trote que eu recebera e o meu desmaio na escola. Quando eu terminei de contar, estava exausta.

– Um dia e tanto, hein! – comentou Henrique, com seriedade, enquanto arrumava os livros em uma prateleira. – Parece até que você deixou de ser leitora para virar protagonista de uma história de mistério.

Eu ri. De fato, era isso! E não tinha sido o próprio Henrique a me dizer que somos todos protagonistas de nossas próprias histórias?

O vendedor estava com uma camisa justa no corpo e era impossível não notar o movimento dos músculos do seu braço. Até então, eu não havia percebido o quanto o Henrique era interessante. Na verdade, eu sequer tinha parado para pensar nele sob esse aspecto, afinal, ele era velho... vinte anos, imagina! Para ele, eu devia ser uma pirralha muito chata.

Henrique tinha os cabelos ondulados, era moreno, tinha um rosto quadrado e um sorriso misterioso. Seus olhos eram cor de amêndoas.

– As mulheres devem ser loucas por você!

– O quê?

– Eu disse que as mulheres devem ser loucas por você!

Henrique deu uma risada cínica.

– Que nada! Você ainda não conhece o poder que tem como mulher. Daqui a alguns anos, você será tão poderosa, que não se deixará encantar assim tão facilmente. É por isso que nós, rapazes, sofremos.

Nossa! Era a primeira vez que alguém se referia a mim como mulher. Cheguei a ficar emocionada.

– Você me acha bonita, Henrique? – indaguei.

Henrique desceu de uma escadinha que o ajudava a alcançar as prateleiras mais altas e fingiu desdenhar de mim. Eu ri e bati nele com a minha bolsinha. Ele me mediu de cima a baixo e disse:

– Se você fosse a minha irmã mais nova, eu não deixaria você sair de casa.

Eu não entendi muito bem o que aquilo significava, mas percebi que se tratava de uma espécie de elogio. Tentei me conformar com isso, mas não consegui. Eu queria – e precisava – ouvir de um homem o que ele pensava a meu respeito. Então, insisti na pergunta:

– Não, sério, eu preciso saber... Se você tivesse a minha idade, o que você acharia de mim?

Henrique olhou para mim com ternura e, sem disfarçar certa nostalgia de seus tempos de adolescência, disse:

– Eu a acharia estupenda!

Aquele elogio bateu na quina! Meu ego ardeu e espumou... Henrique continuou:

– Se eu tivesse a idade do meu irmão mais novo, com certeza seria apaixonado por você. Você tem um sorriso bonito, tem um andar leve, gosta de ler e de escrever poemas. É inteligente, sabe apreciar os fatos positivos da vida. Além de tudo, é extremamente teimosa e um tantinho desligada. Tudo isso torna você uma menina absolutamente envolvente e charmosa.

Nossa! Meu coração queria sair pela boca e caminhar pelos corredores da livraria! Fiquei totalmente sem palavras. Henrique percebeu o meu estado de apoplexia e, preocupado em manter o distanciamento entre cliente e vendedor, disfarçou:

– Bom, mas mesmo assim, você continua sendo muito novinha! E aqui entre nós, convenhamos, eu sou muita areia para o seu caminhãozinho...

Ah, nem adiantava disfarçar! Eu ficaria com aquele elogio gravado na minha mente para o resto da minha vida.

– Obrigada, Henrique! Você merece um beijinho.

Henrique me ofereceu o rosto. Eu fiz charme:

– Peraí, peraí, deixa eu passar um batom antes para deixar uma marca.

Rapidamente, tirei o batom da bolsinha, passei nos lábios e beijei seu rosto. A sua barba cerrada pinicou a minha boca.

– Pronto! – eu disse. – Agora você está proibido de tirar essa marca!

Henrique protestou:

– Mas Alexia, eu vou ter de tomar banho algum dia... e tem os clientes... como é que vou atender o público assim?

– Dá um jeito! Eu vou para casa escrever... você me deixou... – me faltaram as palavras – inspirada!

O Henrique ficou rindo. A velhinha do caixa, incomodada com a situação, disse:

– Fica mesmo dando corda nessa pirralha, Henrique!

O rapaz virou-se para a senhora e respondeu, com um sorriso no rosto:

– Não fica com ciúmes, dona Oneida. A senhora continua sendo a minha favorita.

Eu juro que vi a velhinha ruborizar. Hahahaha!

Corri para casa e, de posse de um lápis e de uma folha de caderno, voltei a escrever.

Apaixonadinha na janela
Lá vem ele...
Vinte anos bem vividos,
céu de um verão proibido,
corpo de luz tatuado,
olhos de um sol delicado.
 A janela me permite
brincar com o futuro.
Ainda choro no escuro,

minha voz se atrapalha.
Mas aceite o meu palpite
e espere essa pirralha!
A previsão tarda, mas não falha
Pois o tempo é meu amigo!
Em breve você me dirá:
"Quer namorar comigo?"

CAP 15
O GOSTO DA ALMA!

Eu não tinha reparado... A lua tem uma mancha que parece uma mão espalmada.

Que coisa... o Henrique tem um irmão mais novo! Hum, interessante isso! O irmão dele deve ser um gato!

Por que o Henrique não tem a minha idade? Eu, com certeza, namoraria ele. Que sonho! Um primeiro namorado... alguém para ficar comigo ao meu lado, dar beijos apaixonados... Aff, já estou fazendo poesia só de imaginar!

Imaginar... nada me impede de criar cenas na minha cabeça e de sonhar com o beijo do Henrique, com o seu toque, com o seu braço forte...

Cri, cri, cri, cri, faz o grilo. A lua está tão alta no céu. Uma noite perfeita. Não está calor nem frio. Na rua, um silêncio com cor de sonho. Respira, respira fundo Alexia. Eu estou tão sozinha, tão esquecidinha aqui na minha cama.

Eu tenho pernas maiores do que as cobertas. Qual menino não acharia as minhas pernas bonitas?

Pensando melhor, está calor. Minha cabeça está grande, acho que estou com febre... cri, cri, cri, cri. Henrique é adulto, é um homem-proibido.

O Marcelo é lindo, é menino, é paixão pura. Olha só, Marcelo, para as minhas pernas! A igreja... o padre... eu não posso ter esse tipo de pensamento! O que a minha avó diria se soubesse disso? Ela não vai saber nunca! Eu penso, logo existo. Não foi o que ensinaram na escola? E eu existo para o Marcelo. Eu acho que o amo, eu adoro o meu sonho encantado. Cri, cri, cri, cri... a Lua no céu. Vou pegar meu caderno, preciso escrever...

Alexia ama Marcelo, mas deseja Henrique...

Ai, ai, eu já escrevi melhor do que isso. Alexia, Alexia... você está passando dos limites, garota!

Quais meninos devem me achar bonita?

E se eu fosse um menino, eu me acharia bonita?

E se eu pudesse fazer qualquer coisa comigo mesma, o que eu faria?

Cri, cri, cri, cri... A mão na face branca da lua.

Ah, Marcelo... Ah, Henrique...

Cri, cri, cri, cri... A lua branca, solitária e pura.

Ah, Henrique... Ah, Marcelo...

A noite escura, a lua escondida, a mão branca, a solidão pura.

Ah, Marcelo... seu rosto no lugar da lua.

A lua manchada. A mão fria. Seu rosto quente. Minhas pernas choram e se cruzam. Algo em mim clama, ávido chama, ressurge das chamas, inflama. Me entope as vias aéreas... Me faz delirar, reclama! Algo em mim se torce, se mói, se contorce. Convexo contorno, num ato, num nó exclama! Overdose de dramas, que ruge, na alma, na parede de meu ser, que chora, calma, me torra, elabora mais! Corrói por dentro o peito, some o corpo, torpe, foge. Lento, finge que sabe do tempo que escoa na passagem do vento e toca o seio da primavera. Rouca, reclamo do violento relento de outono. Me abraço e me odeio, me amo e me quebro em pedaços, num inverno que chora gelo e me faz sorrir aurora.

Um segundo que dura uma vida inteira. Um sonho, um choro, um rio. Na padaria do amanhã, sonhos antigos e mofados. Segundos de prazer e culpa. Eu me levanto, me olho no espelho e me reconheço: eu sou a face da lua. Eu sou poetisa, eu sou mulher, sou nua!

Poema da noite fria
O meu sonho
limita-se à tua voz
quando tu me ninas
com a mão em meus cabelos,
meu corpo pousado no teu colo,
teus olhos fechados,
sob a luz mínima do mundo.

A voz não se cala
a boca só cala n'outra,
de repente. A sua na minha!

o gosto da alma!
O suor, a lágrima furtiva!
O choque do amor
e a noite fria,
quente, morna, fria.

CAP 16
METÁFORAS DESCRITAS PELOS VENDAVAIS

Nossa escola estava bem movimentada no primeiro dia da Feira Literária. Pelos corredores, diversos cartazes feitos pelas crianças pequenas. No auditório, os alunos faziam os últimos ensaios de música, teatro e dança inspirados em seus livros favoritos.

Eu não conseguia aguentar de tanta emoção e meus amigos não podiam nem supor o motivo de tanta euforia. Eu simplesmente queria apresentar o meu trabalho sobre o Pedro Bandeira e dizer tudo o que eu sentia sobre ele.

Eu já tinha estudado tudo sobre a vida do Pedro - sua família, seus hábitos e até mesmo os seus gostos musicais. De que maneira? Simples, eu entrei em contato com sua editora e eles me forneceram alguns recortes de jornal sobre o artista. Mas eu queria mais! Eu queria, de alguma forma, me tornar amiga íntima de Isabel e poder compartilhar com ela os seus momentos mais íntimos.

Só depois de pedir muito, eu consegui que o diretor da nossa escola me deixasse abrir o evento com uma redação sobre a sua biografia.

Os professores batiam cabeça na organização do evento. Fui obrigada a mostrar a redação com antecedência para uma banca de organizadores chatos. Eles rabiscaram todo o meu texto com caneta vermelha e me mandaram fazer um monte de modificações.

Quando o ponteiro do relógio indicou dez horas da manhã, um ônibus cheio de livros parou diante da porta do colégio. Se a escola fosse um barco, com certeza ele adornaria, pois todos os alunos correram para as janelas para poder ver aquele espetáculo.

Da janela, eu pude ver o nosso diretor, alguns professores e uma aluna, escolhida especialmente para recepcionar um grupo de escritores que visitaria a escola. Olhei com um pouquinho mais de atenção e, para a minha surpresa, percebi que se tratava da minha amiga Marciana.

– Que estranho! Por que a Marciana não me contou que fora convidada para recepcionar os escritores?

Filippo não soube responder a essa pergunta e também se sentiu traído, afinal, contávamos tudo uns para os outros.

Não demorou muito, fomos todos levados ao imenso auditório. Eu detestava esses momentos em que a diretoria reunia todos os alunos da escola. Eu me sentia como um animal que é levado para pastar junto com os outros bichos da fazenda. E, pelo menos na minha imaginação, cada turma era associada a um bicho diferente. Os alunos da Educação Infantil eram as galinhas, os das primeiras séries do Ensino Fundamental eram as ovelhas, nós éramos as cabras e os do Ensino Médio eram os bovinos.

Sigam, sigam! Todos perfilados! Está na hora do abate! Cocoricó, béééé, múúú!

Nessas horas, era fácil entender e gostar da música *Another brick in the wall* da banda Pink Floyd. Lembrei-me do que Henrique dissera sobre a tal "droga da obediência" e o fato de nós, adolescentes, confundirmos, em muitos casos, a obediência com o conformismo.

Talvez o Pedro Bandeira não soubesse, mas a tal "droga da obediência" não era compartilhada por todos.

Havia um grupo de alunos que não tolerava o sistema escolar e estava sempre em evidência, promovendo violência e criando problemas. Revoltados, estavam sempre prontos para tirar a paz de dentro de nossos corações e, com isso, nos provar que éramos pessoas absolutamente imprevisíveis e naturalmente avessas a sistemas.

O problema é que o argumento deles se perdia com a fumaça exalada por suas ofensas e revoltas.

As meninas que pertenciam a esse grupo de alunos marginalizados eram turistas na escola. Elas ficavam na porta nos xingando, fumando ou enchendo o saco do porteiro. Certo dia, elas me abordaram no banheiro e me pediram um batom. Eu tirei o objeto da bolsa e o emprestei. A mais velha, Carolina, passou o batom no rosto todo e ficou rindo com as amigas. Que medo!

Carolina estava com uma aparência péssima no dia da festa de inauguração da Feira Literária; suas olheiras estavam maiores do que os seus olhos! Eu estava quieta, sentada na plateia do auditório junto com os meus colegas do reino animal, quando fui abordada pela zumbi:

– Ei, garota, vi você outro dia no ônibus 437.

Eu fiquei pasma, olhando assustada para ela. Carolina percebeu que eu estava com medo e disse:

– Não precisa ficar assustada, não. Vai se acostumando, porque, quando crescer, pelo visto, você vai ficar igualzinha a mim.

Carolina fez careta e mostrou a língua com um *piercing* enorme. Eu engoli seco e fiquei muda, grudadinha na cadeira.

– Meu Deus! – disse Filippo, ao meu lado, tão assustado quanto eu. – Depois dizem que é você que não tem mãe!

Olhei para a cara de Filippo disposta a brigar com ele por causa de seu comentário infeliz, mas mudei de ideia ao perceber que ele também estava assustado.

– Você ouviu? – indaguei. – Então, foi ela quem me ligou aquele dia!

– Sinistro! – exclamou o meu amigo, com a mão na boca. – Mas como é que ela conseguiu o seu telefone?

– Não sei... Ai, Filippo, ainda bem que você estava aqui, do meu lado – eu disse, abraçando-o.

De repente, todos os alunos olharam para trás e os escritores convidados apareceram na porta do auditório. Todos se levantaram para aplaudi-los.

– Chegaram! – disse Filippo.

– Sim! – exclamei com a mão no peito, ansiosa por poder ler o texto que eu havia escrito. – Não vou deixar que a Carolina atrapalhe esse momento tão importante!

O diretor da escola subiu ao palco de mãos dadas com Marciana. A minha amiga fazia o estilo "boneca" e acenava para todos como uma miss que acabara de ganhar uma coroa e um cetro.

A plateia se sentou e o diretor nos agradeceu pelos aplausos. Os alunos deram início às apresentações de teatro, música e dança. Depois, fui chamada para ler a minha redação. Respirei fundo e me dirigi ao palco.

Toda a escola me encarava. Eu olhei para os escritores e pensei: "Como eu queria que o Pedro estivesse aqui". Comecei a tentar imaginá-lo com uma carinha terna e um sorriso acolhedor. Eu tirei o papel do meu bolso e senti a minha mão tremer. Percebi que não poderia expressar tudo o que sentia por meio das palavras grifadas e censuradas por meus mestres. Olhei para os escritores e pedi licença para fazer o discurso de forma improvisada. Ouvi a inquietação do público e senti a preocupação dos meus professores. Limpei a garganta. Dois ou três segundos tomaram conta do ambiente e tornaram aquele momento eterno.

Inspirada, eu disse:

– Como um ator após a apresentação de um espetáculo, esses escritores agradecem os nossos aplausos. O engraçado, nesse caso, é que o espetáculo não teve atores nem falas, não teve ingressos nem lugares marcados: o espetáculo se passou na cabeça de cada um de nós ao lermos as suas histórias maravilhosas. O escritor Pedro Bandeira foi o responsável por me permitir criar um mundo que carregarei comigo para o resto da minha vida e a ele sou muito grata. Sou grata por ter me dado Isabel, uma companhia para os dias chuvosos e nublados; grata por ter me dado amigos dentro da série *Os Karas*, ou mesmo fora dos livros, como no caso do meu novo amigo, vendedor da livraria perto de casa. Grata por me fazer compreender o espírito da nossa língua materna que me estimula a escrever poemas e, principalmente, grata por me fazer entender que somos personagens reais em cenários reais, escritos por alguém que atende por um nome, mas que nem sempre tem face. Eu teria de ler a biografia de Pedro Bandeira dezenas de vezes para que todos aqui pudessem visualizar a face do artista, mas, graças a Deus, nada disso será necessário, pois ele está e sempre esteve ao nosso lado. Obrigado, querido escritor.

A plateia se levantou para aplaudir. Eu agradeci e, mais do que rapidamente, me dirigi para a saída do palco. O diretor da escola pegou o microfone e disse:

– Ei, ei, mocinha, aonde você pensa que vai? Volte já aqui.

Eu estaquei na escadinha do palco, dei um tapa na testa e pensei: "Ai, meu Deus, qual foi a besteira que eu fiz?".

Dei meia volta e me aproximei do diretor. Eu me sentia um tanto congelada perto dele. Ele olhou para mim e disse:

– Não sei se você percebeu, mas esses aplausos são para você.

Todos aplaudiram novamente. Eu nada entendi:

– Como assim? Os artistas são os escritores.

O diretor puxou uma cadeira, sentou diante de mim e perguntou:

– Alexia, deu para perceber que você ama o Pedro Bandeira. Qual de suas obras você leu?

Eu ri e respondi sem modéstia:

– Todas!

– E qual desses livros você gostou mais? – indagou ele, surpreso.

Ai, meu Deus, agora eu estava sendo entrevistada pelo nosso diretor, na frente dos convidados e do colégio todo! Eu não podia deixar passar aquela oportunidade e disse:

– Eu só respondo se o senhor prometer que os escritores passarão em minha sala de aula para autografar a camisa dos meus amigos.

O diretor concordou. A minha turma, que estava sentada no cantinho da plateia, se levantou e comemorou.

Eu peguei o microfone e respondi:

– Eu adorei *A Marca de uma Lágrima*. Deve ter sido difícil para o autor pensar como mulher para criar a Isabel, personagem que muito me lembrou do cativante poeta Cyrano de Bergerac.

O diretor arregalou os olhos, virou-se para os professores que estavam acomodados no fundo do palco e disse:

– Vejo que temos aqui uma jovem que ama a literatura!

Os professores estavam tão surpresos quanto o diretor. Os escritores convidados faziam pequenos comentários entre eles. Sei que fico um pouco esnobe quando falo sobre esse assunto, mas o fato é que o diretor não queria que eu saísse do palco:

– Vamos fazer um concurso!

– Ai, meu Deus do céu!

– Eu farei uma pergunta. O menino que souber responder a essa pergunta vai ganhar um beijo no rosto.

Um silêncio pairou no ar.

– Da Alexia, não de mim! – completou o diretor.

Pronto! Foi aquela correria até o palco. Eu fiquei impressionada com a quantidade de meninos que se apresentaram para responder a bendita pergunta. Entre os voluntários estavam Marcelo e João. Eu estava morta de vergonha e, para mim mesma, dizia:

– O João não... qualquer um menos ele!

A pergunta do diretor não poderia ser mais óbvia:

– O que a Alexia quer ser quando crescer?

Começou a sucessão de respostas erradas:

– Advogada!

– Arquiteta!

– Matadora de aluguel!

Fiquei pensando: "Se o Marcelo disser 'gari', eu aceito!". Para a minha surpresa, ele disse:

– Escritora!

Eu tive de segurar o sorriso e a emoção para não dar bandeira. Logo em seguida, era a vez do João, mas eu pedi para o concurso parar e apontei para o Marcelo. Uma salva de palmas. O diretor estava empolgadíssimo:

– Você já está a meio caminho da realização, Alexia, meus parabéns!

Dei um beijo no rosto do Marcelo e saí do palco com a respiração retida de tanta vergonha. Na coxia, encontrei Esterzinha, a antiga inspetora de nosso andar. Ela me trouxe um copo d'água. Dava para notar que ela estava orgulhosa de mim:

– Ai, vocês crescem e nos enchem de emoção!

Na porta do camarim, vi a silhueta de um menino. Levantei-me assustada ao me dar conta de que era o Marcelo. Seus olhos estavam clareados pelos raios de luz que saíam da ribalta e seu sorriso era capaz de expressar um milhão de recados.

Eu quase não conseguia falar direito. Marcelo pegou na minha mão e disse:

– Faz tempo que eu quero ficar sozinho com você. Você foi magnífica!

Eu mal podia acreditar no que estava acontecendo. Marcelo segurava a minha mão e eu não sabia o que dizer. Olhei para Esterzinha e ela, que sempre se dedicara a separar os alunos que se abraçavam, disse:

– Eu não estou vendo nada. Nem estou aqui!

Antes que eu pudesse dizer as centenas de milhares de palavras que circundavam o meu cérebro, senti os seus lábios acariciarem os meus. Um sabor de primavera alcançou o meu peito e fez a minha alma dançar. Aquele era o verdadeiro beijo de um príncipe, capaz de realçar as cores mais gastas. Os cordões de meu tênis se tornaram antenas de rádio, os meus cabelos se tornaram magnéticos, os meus olhos entraram em declínio e se banharam com as metáforas descritas pelos vendavais. Marcelo me beijava e tomava conta de meu corpo com os seus braços. O seu rosto se encaixava perfeitamente com o meu e as suas mãos caminhavam ligeiras pelas minhas costas, como as aves que sobrevoam os litorais. Aquele seria o meu primeiro beijo e ele viria acompanhado do primeiro desejo, dos primeiros gemidos, das primeiras vertigens, do primeiro amor.

Seria a cena perfeita, seria o auge de uma manhã de sucesso.

Mas não foi isso o que aconteceu!

Eu estava lá no escuro e pude ver o Marcelo e a Marciana agarrados, aos beijos, na outra coxia. Esterzinha estava lá também e tentava separar os dois, sem sucesso.

Em choque, tomada pela desilusão, me olhei no espelho e me vi magra, feia, criança. Bobagem minha achar que seria capaz de ter um namorado assim tão bonito! Nunca, nunca! Meus olhos se encheram de lágrimas e transbordaram. Eu precisava sair dali urgentemente!

CAP 17
CÂMARA DE TORTURA

A certa hora da tarde, todo objeto iluminado pelos raios de sol que teimam em entrar pelas janelas parece emanar uma quantidade exorbitante de poeira. Ao sentar em um sofá iluminado pelo sol da tarde sinto-me em pleno carnaval, coberta de confetes brilhantes. Quando a noite chega, a casa parece mais limpa e arrumada. Sento-me no sofá e não sofro com a alergia. A poeira – que engraçado! – continua ali, mas se não a vejo, não a sinto. Essa é a tônica!

Mas a mesma coisa não acontece com o sofrimento.

Durante o dia, somos corajosos e conseguimos sacudir a poeira e dar a volta por cima. Entretanto, quando a luz da ribalta se apaga e a noite chega, nos sentimos solitários e a dor é pior, bem pior! Os pensamentos alfinetam de forma desumana, as experiências *dolorosas são repassadas na mente como um filme sem fim e a cama se transforma em uma verdadeira câmara de tortura.*

Se eu não tivesse visto o Marcelo beijar a Marciana, eu não saberia o que é o ciúme e não passaria a noite inteira me debulhando em lágrimas. Meu travesseiro estava todo molhado e eu já não tinha mais onde apoiar a cabeça. E bastava lembrar-me do maldito beijo para começar tudo de novo.

– Marcelo, Marcelo, o que eu não daria para ter você comigo só um pouquinho, só por alguns segundos!

Minha avó materna escutava meu choro do corredor e, aflita, pensava em uma maneira de intervir. Em determinado momento, ela bateu na porta:

– Alexia, está tudo bem aí? Posso entrar?

Eu me calei por uns instantes e me senti envergonhada. Por fim, peguei o travesseiro e o joguei na porta:

– Não, não pode não. Fique aí onde está!

Minha avó percebeu que era melhor fazer alguma coisa e, mesmo sem a minha permissão, entrou no quarto. Eu fiquei uma fera:

– Vó, com todo o respeito, a senhora não pode entrar assim sem ser convidada!

– Eu sei, minha filha, eu sei, mas eu estou preocupada. São quatro horas da manhã e eu reparei o quanto você está infeliz. O que houve? Há alguma chance de eu te ajudar?

Novamente eu comecei a chorar:

– Não, não tem! Vá embora, por favor!

Minha avó se sentou na minha cama. Eu fiquei indignada:

– Era só o que me faltava! Agora todo o meu drama vai virar uma bela história de família e servirá de entretenimento para tios gordos que riem de boca aberta na hora do jantar.

Minha avó se surpreendeu com as minhas palavras e replicou:

– Não, Alexia, eu só queria saber como foi o seu dia na escola, apenas isso. Não pretendo contar sobre isso para ninguém.

– Nem para o papai?

Do quarto dele, escutávamos os roncos. Minha avó sorriu e disse:

– Não. Pode ficar tranquila. Me conta... como foi o seu dia?

Eu sentei na cama, limpei os olhos e disse, cabisbaixa:

– Foi normal...

Minha avó fez aquela cara de desconfiada. Novamente eu me deitei chorando:

– Não, não foi normaaaal, foi absolutamente atípico!

Minha avó insistiu:

– Alexia, me conta como foi!

Voltei a me sentar. Respirei fundo e disse:

– Recebemos a visita de três escritores famosos.

Minha avó se entusiasmou:

– Ah, que maravilha! E aí?

– E aí que eu fiz uma homenagem de improviso para o meu autor favorito e fui aplaudida por toda a escola. O diretor me falou que eu serei uma ótima escritora e, em resposta à minha gentileza e criatividade, pediu aos escritores que passassem na nossa sala para conhecer os meus colegas.

– Isso é maravilhoso, me conta mais!

Eu continuei:

– Os meus professores me elogiaram e disseram ter orgulho de mim, os meus colegas foram amáveis comigo e tem um garoto idiota lá que agora é absolutamente apaixonado por mim.

Minha avó arregalou os olhos:

– Mas... mas... vocês são muito novos para pensar nessas coisas.

Eu voltei a chorar:

– Está vendo? Eu não posso conversar sobre isso com a senhora. A senhora nunca vai me entender. Eu sinto muita falta de ter uma mãe! Se meu pai ao menos se casasse de novo!

Minha avó materna entortou a boca:

– Ele já teve algumas namoradas.

– Não passaram de casos idiotas! – choramingüei.

Minha avó respirou fundo e deu seguimento à conversa:

– Me fala mais sobre esse garoto que acha que está apaixonado por você.

– O que importa esse menino, vó? Não é ele quem eu quero, e quem eu quero não me quer!

Minha avó ficou tão chocada com o que eu disse que chegou a sentir tontura. Ela disse que nunca imaginou que a netinha dela pudesse estar enamorada a ponto de passar uma noite em claro.

– "Enamorada"? – estranhei. – Que diabo de palavra é essa que eu nem conheço? Se quiser conversar comigo, vó, fale português, senão vai acabar piorando tudo!

Agora eu chorava de forma frenética e esguichava lágrimas a metros de distância. Após um suspiro, minha avó disse:

– Bom... ajudaria se eu dissesse que eu também já passei por tudo isso?

– Claro que não – respondi. – Isso só prova que eu tenho a genética de uma família fracassada.

Minha avó conseguiu rir do meu comentário idiota.

– Bom, na verdade, quando eu era jovem, também fui apaixonada por um menino que não me queria. Essa não será nem a última, nem a penúltima vez que isso acontecerá com você

Eu olhei para minha avó e, com estranheza, indaguei:

– Não pode ser! Todo mundo sabe que a senhora já nasceu idosa!

Minha avó passou a mão no meu rosto e disse:

– Minha filha, essa não será nem a última nem a penúltima vez que você se sentirá interessada por um menino que não quer a mesma coisa que você.

Eu arregalei os olhos e, indignada, indaguei:

– Isso era para ser um consolo? Você só está piorando as coisas, vó!

Minha avó completou o seu pensamento:

– Por outro lado, tenho certeza de que você também será cortejada por meninos que não interessam a você.

– "Cortejada"? O que é isso?

– Paquerada.

– Ah, tá!

– Veja bem, é isso que torna o amor tão especial. É tão difícil e raro amar alguém de verdade e ser correspondida, que todos, no fundo, lutam para conquistar esse objetivo. E isso sempre acontece, cedo ou tarde! E tenha certeza, minha filha, de que, quando acontecer, você saberá que é especial. Continuará sendo difícil, mas será especial. E se os dois tiverem sorte e muito juízo, talvez seja especial para sempre.

Como uma caixa d'água que seca, meus olhos pararam de secretar lágrimas. Eu senti uma paz ascender no meu peito e, de repente, era como se eu saísse da câmara de tortura e fosse transportada para o meu quarto novamente.

– Vó, o que você disse foi muito bonito!

Minha avó sorriu.

– Você é uma menina sensível, Alexia. E como qualquer menina sensível precisa estar nutrida com sensações bonitas para se sentir em paz. Não perca a sua paz por tão pouco.

Eu peguei na mão da minha vó e indaguei:

– E você encontrou a sua pessoa especial?

– Sim. Seu avô foi um homem muito bom para mim.

– Eu não imaginei que a senhora pudesse conversar sobre esses assuntos comigo.

– Foi o que a sua mãe me disse, exatamente nessa cama, nesse mesmo quarto, quando tinha exatamente a sua idade.

– Sinto tanto falta dela!

– Eu também, meu amor, eu também!

Um soninho corroeu as minhas entranhas. Eu me sentia leve e bastante aliviada. Comecei a bocejar. Minha avó me trouxe água e ficou ao meu lado fazendo cafuné até eu dormir.

Lágrimas fazem bem quando ajudam a desembaçar a nossa visão do mundo!

CAP. 18
TRIPALIUM

Henrique ocupava-se de um livro fininho sobre a bancada da livraria e servia-se de uma xícara de café. Quem olhasse de relance diria que se tratava de um cliente. Toquei a campainha do balcão e ele disse:

– Espera, espera! Quando estou lendo, gosto de pelo menos finalizar o capítulo para não perder a linha de raciocínio.

– Que livro é esse? – indaguei.

Henrique não respondeu. Eu sentei em uma cadeira e fiquei aguardando por alguns minutos. Várias pessoas transitavam pelo local e Henrique não parecia muito interessado em atendê-los.

Após dez minutos de espera, o vendedor finalmente fechou o livro e disse:

– *O Carteiro e o Poeta*, bela novela de Antônio Skàrmeta.

Henrique começou a falar sobre o livro, mas eu estava mais preocupada em contar para ele o que havia acontecido comigo. Peguei a campainha da loja e dei vários toques, fazendo-o se calar. Henrique guardou o livro na estante e disse:

– Você não está sendo muito gentil, Alexia, o que houve?

Eu respondi:

– Pra começo de conversa, tem um monte de gente na loja e você fica aí lendo...

Henrique passou por mim e, despreocupado, serviu-se de um dicionário.

– O que você está fazendo? – indaguei, irritada.

Henrique mostrou-me o grosso livro que pegara na estante e respondeu:

– Esse é um dicionário de verbetes da psicologia. Vamos pesquisar a palavra "neurastenia" para que eu possa entender o que se passa com você.

Eu não estava boa para brincadeiras. Tomei o livro da mão de Henrique e o fechei.

– Você não acha que está muito velho para brincadeiras?

– E você? Não acha que está muito nova para parar de brincar?

Eu fiquei muda por alguns segundos. Henrique, sutilmente irritado, disse, com tom professoral:

– A palavra "trabalho" deriva da palavra em latim *tripalium*, uma antiga máquina de tortura. Desde então, as pessoas acham que para obter algum benefício é necessário sofrer. Eu penso diferente. Eu amo o meu trabalho, apesar de alguns de meus clientes serem brigões.

– Mas e essas pessoas? – indaguei. – Você não vai atendê-las?

Henrique olhou para um senhor e disse:

– Seu Jorge, o senhor precisa de uma mãozinha para encontrar a nova obra do Saramago que está procurando?

– Não, não, Henrique, eu me viro sozinho, obrigado – disse o cliente.

Henrique olhou para uma moça que estava andando de um lado para o outro e indagou:

– Amanda, quer saber se tem algum novo livro de autoajuda? Posso lhe mostrar uns ótimos no andar superior.

– Não, obrigada – respondeu ela. – Já me "autoajudei" bastante. Agora estou fazendo faculdade de psicologia para tentar ajudar os outros.

Um pouco mais adiante, havia um rapaz. Henrique disse:

– Oi, Sergio, os novos livros com tirinhas da Mafalda estão na terceira prateleira da quarta estante.

Fiquei impressionada. Henrique me olhou e disse:

– Está vendo? Todos eles sabem o que querem. Só precisei conversar com eles uma única vez. E você, minha cara, o que deseja? Você já leu todas as obras do Pedro Bandeira. Talvez fosse melhor reinventarmos o seu mundo com algumas obras da Ana Maria Machado.

Eu estava envergonhada. Sem saber como disfarçar a vermelhidão do meu rosto, eu disse:

– Não, não se preocupe comigo. Volte para a sua leitura, por favor.

Henrique olhou-me com um pouco mais de atenção e disse:

– Você esteve chorando!

– Eu? Que papo é esse? – rebati.

Henrique sentou-se diante de mim e disse:

– Alexia, eu só atendo pessoas que não sabem o que querem e pelo visto você é a única nessa loja que precisa de mim. Me conta, quem foi o idiota que feriu o seu coração?

Eu me sentei diante do vendedor e, nervosa, disse:

– Teria algum problema se eu passasse o dia aqui com você?

Henrique estranhou a proposta e, um tanto confuso, respondeu:

– Eu não entendo. O que há de errado com a escola, ou com a sua casa? Aliás, você não deveria estar na escola agora?

Rapidamente eu expliquei que minha avó havia me deixado faltar à aula.

– E você não está feliz com esse dia de folga? – indagou o rapaz.

– Deveria, mas...

– O que houve?

– Hoje eu recebi outra ligação.

– Outro trote? – indagou o vendedor.

– Sim. Estou desconfiada de uma menina problemática lá da escola.

– E o que essa pessoa quer, afinal?

Eu engoli seco:

– Eu não sei! Ela disse que eu não deveria ter faltado à escola e que sentiu a minha falta. Eu perguntei quem era e a pessoa não respondeu.

Henrique riu:

– Bom, pelo visto você tem um admirador secreto que está totalmente apaixonado por você.

– Jura? Como assim? – indaguei.

Henrique me falou para ter calma e sugeriu que eu contasse à direção da escola o que estava acontecendo, pois tudo indicava que deveria ser um conhecido meu. Na mesma hora, lembrei-me do João Miguel e tive vontade de bater nele.

– Será que foi aquele idiota?

– Quem, quem? – indagou Henrique olhando para os lados.

– Ah, um idiota lá da escola. Uma criatura que nem poderia ser caracterizado como gente de tão anormal que é.

– Nossa, quanta violência, Alexia! Eu estava até gostando de ver o seu lado neurótico em ação, mas desprezo é uma coisa terrível. Você merece um castigo.

– Castigo?

– Sim. Para sua sorte, seu castigo será o trabalho. Espero que ainda queira ficar na livraria, pois eu tenho um montão de livros para limpar e encaixotar. Uma mão amiga seria muito bem-vinda.

– Mas você vai me pagar? – indaguei.

– Sim, claro! Mas eu pagarei em livros – respondeu Henrique. – Temos alguns livros que estão com a capa amassada e são quase gratuitos. São esses aí que você ganhará.

Acabei aceitando a proposta do vendedor. Seria uma boa maneira de esquecer tudo que estava acontecendo comigo. Era uma oportunidade de esquecer o Marcelo e continuar tocando a vida.

O trabalho era duro! Eram muitos livros para limpar, carregar e encaixotar. Também tive de aprender a arquivar o nome dos livros em umas porcarias de fichas catalográficas – naquele tempo pouca gente tinha microcomputadores em casa ou no trabalho. Resultado: no final do dia eu estava absolutamente exausta. E lá estava o Henrique, idealista, feliz da vida, assobiando.

– Eu não acredito que você faz isso todos os dias, Henrique.

– Hoje foi tranquilo – respondeu Henrique. – Tem dias que é muito pior.

Quando o céu esmaeceu e o sol passou a dar os seus últimos suspiros, voltei para casa, toda feliz, com uma sacola cheia de livros. Henrique também havia me dado de presente um livro de capa dura com os melhores poemas do Mario Quintana. Certamente eu passaria os próximos dias com o nariz enfiado nos livros absorvendo as histórias alheias de modo a esquecer da tristeza e da ponta de inveja que eu estava sentindo da Marciana. Lá no fundo do meu coração, eu sabia que eu não devia nutrir sentimentos ruins em relação à minha amiga, afinal, ela não tinha culpa. Ela era bonita e, com certeza, o Marcelo se sentira atraído por ela. Além disso, eu nada fiz para chamar a atenção do menino, e ela, certamente, aproveitará as oportunidades para conquistá-lo.

– Está certo que Marciana poderia ter me contado que estava afim dele – refleti.

No entanto, eu também não havia contado para ela que estava afim do Marcelo...

– Bom, agora eu vou ter de vê-los namorar, noivar, casar e ter filhos lindos com olhos azuis, cabelos amarelos e nomes austríacos que lembram pequenos idiotas nazistas... Desgraçados!

Quando percebi, já estava xingando os dois de tudo quanto é nome feio.

O caminho para casa parecia mais distante do que o normal e eu chutava as pedrinhas no meio da rua. A noite caíra rápido demais e as ruas estavam, como sempre, mal iluminadas. Foi quando eu percebi que havia errado o caminho para casa. Meus passos começaram a fazer barulho. Quase não havia carros estacionados e a rua estava totalmente deserta.

– Ops, beco sem saída! Era só o que me faltava.

Era por essas e outras que a minha avó implicava tanto comigo quando eu voltava para casa depois da hora. Eu era tão tapada que conseguia me perder até no *play* do meu prédio. Dei meia volta e tomei o caminho certo. De repente, comecei a ouvir passos atrás de mim.

– Ops, código amarelo!

Mesmo não sendo tão tarde, eu não podia dar sopa para o azar em uma cidade tão violenta. Acelerei o passo e senti que alguém atrás de mim fez o mesmo. Meu coração congelou. Olhei para trás e percebi que não havia ninguém.

– É, acho que o Henrique tem razão. Eu devo mesmo estar ficando maluca. Em vez de "neurastenia", ele teria de procurar a palavra "paranoia" naquele estúpido dicionário de psicologia.

Comecei a rir. Através de uma janela de um dos prédios era possível ver uma família jantando. Senti-me mais tranquila. Esse sentimento, porém, durou pouco.

Próximo da rua principal, ouvi uma voz rouca atrás de mim:

– Olá, Alexia!

Foi tudo muito rápido. Pensei em fugir, mas senti uma mão apertando o meu braço. Eu gritei e usei a bolsa de livros para me defender. A família que estava jantando foi para a janela ver o que estava acontecendo. Eu havia golpeado alguém na cabeça com a bolsa de livros e, graças a isso, pude me soltar. Larguei a bolsa no chão e saí correndo. Só parei de correr quando cheguei ao portão do meu condomínio.

Assim que o meu pai abriu a porta de casa, me atirei em seus braços e comecei a chorar. Mais uma noite mal dormida e, daquela vez, nem os cafunés da minha avó conseguiram me acalmar.

CAP 19

LINHAS DE UMA MELODIA VÃ

Não é todo dia que a Polícia aparece na escola. Agora, sim, todos teriam uma boa história para contar: *"A louca esquizofrênica da 6ª série ataca novamente!"*.

No gabinete do diretor, o detetive de polícia fazia algumas acareações. Meus melhores amigos, Marciana e Filippo, foram até lá para me dar uma força. João Miguel e Carolina, por sua vez, foram convocados pelo investigador para prestar depoimentos.

– O que o diretor perguntou a vocês? – indaguei a Filippo e Marciana.

– Nada demais – respondeu Marciana. – Perguntou se nós sabíamos de alguma brincadeira, de algum trote feito pela turma para incomodar você.

– Era só o que faltava – reclamei. – Ainda estão achando que se trata de uma brincadeira? Eu fui atacada na rua, por Deus!

– Você contou à polícia direitinho o que aconteceu com você? – indagou Filippo. – Será que não foi uma tentativa de assalto?

– E como o assaltante saberia o meu nome?

– Pode ser apenas um conhecido seu que, sem querer, assustou você na rua – disse Marciana.

– Essa é a teoria do detetive – resmunguei. – Ele não quer trabalhar, isso sim! Só vão se preocupar comigo quando encontrarem meu corpo cortado em mil pedaços.

– Imagina, Alexia, isso não vai acontecer com você! – disse Marciana.

– Nós não deixaremos! – exclamou Filippo. – É o que eu sempre digo: "A noite acende as estrelas porque tem medo da própria escuridão.".

Os dois me abraçaram. Por um minuto, eu me senti querida.

João Miguel deixou a sala do diretor. Seus olhos estavam arregalados. O menino passou por nós três sem falar nada. Fui eu que tomei a iniciativa de chamá-lo:

– João.

Filippo e Marciana me olharam como se eu fosse uma ET. Acho que era a primeira vez que um de nós três dirigia a palavra para João sem xingá-lo.

João se virou, assustado:

– Sim?

– Eu sei que você não tem nada a ver com isso.

João ensaiou um sorriso, mas não conseguiu. Eu o achava triste demais por não conseguir sorrir.

– Não é nada não! – disse João, tímido.

Filippo, sem paciência, escorraçou o rapaz:

– Pronto, agora se manda, pois temos coisas mais importantes aqui pra tratar.

– Filippo! – bronqueei – Também não precisa falar assim com ele.

– Esse é o tom de voz que ele se acostumou a ouvir – riu Marciana.

João jogou aquele franjão horroroso para o lado e disse:

– Obrigado, Alexia, por me defender. Eu pretendo deixar essa escola no fim do ano.

– Já vai tarde! – disse Marciana.

Olhei para a testa do João e um curativo me chamou a atenção.

– O que é isso na sua testa, João?

Filippo estava superincomodado com o meu interesse por João Miguel:

– Ih, o que é isso? Tá gostando de conversar com ele agora?

Apontei para o curativo na testa do menino:

– Não. Só quero saber o que é isso aí!

João passou a mão no curativo e, tímido, disse:

– Não é nada não. É só um machucado.

– Um machucado. Sei! – repliquei.

– João, se manda agora, por favor! – ordenou Marciana – O ar está ficando irrespirável.

O menino suspirou, abaixou a cabeça e saiu de perto da gente.

– Esse menino me dá nojo! – disse Marciana.

– Ele vive com aquele cabelo molhado! – disse Filippo, com cara de nojo. – O que passa pela cabeça dele?

– Piolhos – riu Marciana.

– Piolhos afogados – fez coro Filippo.

Os dois ficaram rindo. Eu passei a refletir, em voz alta:

– Se foi o João Miguel o meu agressor, não vejo motivos para ter medo. Ele é inofensivo. Está apaixonado e conseguiu o telefone lá de casa, passou a me perseguir na expectativa de vir conversar comigo.

– Eu não entendo você! – disse Filippo. – Há poucos minutos disse para o menino que tinha certeza de que o agressor não era ele.

– Eu queria ver a reação dele – respondi.

– E como você pode ter tanta certeza de que foi ele? – indagou Marciana, já cansada do assunto. – Não foi a Carolina que falou sobre o ônibus?

– Acho que aquele papo da Carolina foi apenas uma infeliz coincidência. Estou muito desconfiada do João por causa do ferimento na cabeça dele – expliquei. – Foi exatamente a cabeça do agressor que eu golpeei com a sacola de livros.

– Sinistro! – disse Marciana. – Quero morrer sua amiga, hein!

Filippo tomou a palavra:

– Pelo que eu me lembro, ontem de manhã o João Miguel não estava com esse ferimento na testa.

– Você precisa contar isso para a polícia! – exigiu Marciana.

– Não, não mesmo! – ponderei. – Já chega de tanta loucura. Pelo visto, as coisas vão melhorar a partir de agora. O João é um pobre coitado! Ele já disse que vai deixar a escola no fim do ano.

– Graças a Deus! – disse Marciana. – O ambiente vai ficar mais limpo.

Lembrei-me da minha avó e do tanto de lições que ela me dava, principalmente quando usávamos o nome de Deus em vão. Nesse caso, cheguei a ficar irritada por Marciana usar uma palavra tão sagrada para falar mal de outra pessoa. Eu, sinceramente, não estava em condições de julgar ninguém e preferi ficar calada. Só queria que tudo aquilo acabasse o mais rápido possível.

Logo, Carolina deixou a sala do diretor, com cara de poucos amigos. Eu posso imaginar o quanto de perguntas ela deve ter respondido para ficar com aquela cara feia. A menina já tinha passagem pela Polícia, acusada de furtos e de tráfico de drogas. Aquela situação era um prato cheio para o detetive, que, despreocupado comigo, estava mais interessado em saber o nome do traficante que vendia drogas para os alunos da escola.

– O que me deixa triste – disse Filippo – é que agora acabaram os nossos passatempos.

– Como assim? – indaguei.

Filippo explicou:

– O evento com os escritores passou, o seu pequeno mistério já foi desvendado e agora só nos resta estudar, estudar e estudar.

Eu não tinha parado para pensar nisso.

– Eu me sinto como um avião que, após a emoção da decolagem, precisa percorrer um imenso e entediante território azulado – completou Filippo.

Eu compartilhava dessa sensação. Nem mesmo a minha paixão pelo Marcelo teria qualquer importância, já que ele havia se interessado por minha melhor amiga.

– Me deem apenas um motivo para eu acordar amanhã às cinco horas da manhã para vir à escola! – eu disse, deprimida.

– Nem me fala! – suspirou Marciana.

Olhei para a minha amiga de forma cética e, com um sorriso forçado no rosto, disse:

– Eu acho que você não tem motivos para reclamar, Marciana. Pelo que me consta, você tem ótimos pretextos para vir à escola todos os dias.

– Como assim? – indagou a menina, se fazendo de desentendida.

– Você não tem nada para nos contar? – indaguei.

– Do que você está falando, Alexia? – perguntou ela.

Filippo se intrometeu:

– Por que não contou para gente que faria a recepção dos escritores?

– Ah! – disse Marciana, passando a mãos nos cabelos. – Vocês estão falando disso? Eu ia contar, mas é que eu fui escolhida na última hora. Quando abri os olhos, já estava lá perto do carro recepcionando os três.

– Marciana, você tem andado muito diferente! – eu disse, com firmeza.

Fui para a sala de aula pisando duro, louca para falar para Marciana um monte de coisas que estavam presas na minha garganta. Por que ela não queria me contar que beijara o Marcelo?

Aula de História. Ótimo! Abri o meu caderno e, em vez de copiar a matéria, resolvi destilar no papel um pouco da energia armazenada em meu coração.

Sempre haverá um dia
Quando o pensamento se transforma em vilania
o tempo, em badalos lentos
dobra como sinos nas igrejas do amanhã

Quando o vento se transforma em ventania
o cabelo arrepia com o tormento
e a agonia se manifesta numa febre-terçã

No lamento, o sofrimento
na sina, no desejo, o ensejo
desafina com a sofisma de um solfejo

Sempre haverá poesia
nas linhas de uma melodia vã

Sempre haverá teorias
para as mágicas de um talismã

Sempre haverá recompensa
para uma atitude cristã

Sempre existirá um dia
para a alegria rara de um café da manhã

CAP 20

AYRTON SENNA NÃO MORREU!

– "Comoção". Essa é a palavra que melhor descreve os nossos sentimentos.

– Isso mesmo, Alexia, obrigado – disse o diretor da escola que foi visitar a nossa turma.

No dia anterior, domingo de manhã, a notícia que deixara a população brasileira chocada: "Morre aos 34 anos o piloto de Fórmula 1 Ayrton Senna da Silva, após grave batida com sua McLaren no circuito de Ímola.".

Todos buscávamos uma palavra que resumisse os nossos sentimentos. Éramos trinta alunos deprimidos, chorosos e amargurados.

– Estou passando em todas as salas para conversar com os alunos – disse o diretor. – Percebi que muitos estão deprimidos com a morte do Ayrton Senna. Por isso, quero propor que cada um diga como está se sentindo. Quem sabe, assim, apesar da tristeza, tenhamos um dia de relativa produtividade.

Uma ideia genial! Expondo nossos pensamentos, poderíamos colocar para fora os sentimentos ruins, aliviar a sensação de tristeza e nos concentrar melhor nas aulas.

– Os domingos não terão mais graça para mim! – disse Marcelo, que estava muito abalado.

Fiquei olhando para ver se ele choraria com aquela boquinha torta, mas o garoto foi forte.

– Eu me sinto péssimo – disse Filippo. – Eu não posso mais ouvir aquela musiquinha, o *Tema da Vitória*, que começo a chorar.

– A Seleção Brasileira está muito desacreditada para a Copa do Mundo – disse Israel –. Sem Ayrton, para quem vamos torcer a partir de agora?

– Eu estou mais triste pelo meu pai – eu disse. – Eu só o vi chorar em três ocasiões: a primeira, no ano passado, quando o Ayrton venceu aqui no Brasil; a segunda, quando o flagrei no quarto admirando uma fotografia antiga da minha mãe; e a terceira, exatamente ontem, quando ouvimos na TV a notícia de que Ayrton tinha morrido.

Quando chegou a vez do João Miguel, ele não quis se manifestar. Normal! O menino tinha medo de abrir a boca e ser instantaneamente zoado pelo resto da turma.

– João – disse a professora de matemática, cuja aula havia sido interrompida pelo diretor –, todos os seus amigos estão manifestando os seus sentimentos. Sabemos que você também era fã do Ayrton Senna e queremos muito saber a sua opinião.

Bola rolando, começaram os comentários cruéis:

– Esse moleque calado é um poeta!

– Deixa esse cara quieto na dele, professora!

– O cara só fala bobagem. Não deixa ele falar, não!

A professora de matemática ficou horrorizada:

– O João Miguel vai falar, sim, se ele quiser! Diga-nos, João, como você se sente?

– Mal – disse João, com a voz rouca.

– Mal por quê? – indagou o diretor.

– Mal por tudo – disse o garoto.

A turma estava extremamente incomodada por alguém ter dado ao João Miguel a oportunidade de se manifestar. João sentiu isso e se calou novamente.

– Continue, por favor – disse o diretor.

João, com um fiapo de voz, disse:

– Eu estou mal porque acho que Ayrton não morreu.

Foi aquela gargalhada geral. Todos gozaram o menino:

– Seu burro!

– Ele teve morte cerebral, você não viu? Tá morto! Vai ser enterrado!

– Alguém cala a boca desse moleque!

João se indignou, levantou-se e, com firmeza, disse:

– Pois eu digo e afirmo: Ayrton Senna não morreu! Quem morreu foi a Fórmula 1!

Fez-se o silêncio na sala. O garoto, com os olhos cheios de lágrimas e indignação aparente, sentou-se, abriu um livro e se perdeu ali dentro.

A professora e o diretor não sabiam o que dizer.

– Essa... Essa foi a melhor frase que eu escutei hoje, João, muito obrigado – disse o diretor.

Não pude deixar de me surpreender por ouvir do João algo tão inteligente, capaz de fazer a turma toda refletir. De fato, Ayrton seria eterno em nossos corações. Já o esporte não teria mais a mesma importância para nós a partir daquele momento. As palavras de João, além de inteligentes, se revelariam proféticas em um futuro próximo.

– Vejam só, ele pensa – riu Filippo.

Marciana olhou para Filippo e desdenhou:

– Com certeza ele ouviu alguém falando isso na televisão e copiou.

A professora de matemática tomou a palavra:

– Vocês são muito cruéis com o João Miguel. Quando ele erra é discriminado, quando acerta, também é. O que adianta estarem tão comovidos com a morte de um ídolo, se aquele que está ao seu lado e que depende da aprovação e do carinho de vocês é ignorado?

Eu sentia que o João Miguel odiava quando os professores o defendiam. Isso o distanciava ainda mais da turma.

A professora continuou:

– Essa frase foi, sim, criada pelo João Miguel. Vocês não sabem, mas ele escreveu um poema sobre a morte de Ayrton.

Uma explosão de gargalhadas pôde ser escutada na Lua.

– Faz um poema para minha tartaruga que morreu semana passada, João Miguel! – gritou alguém no fundo da sala.

– João Miguel, o poeta do cerrado! – riu Marciana.

– Poesia? Que coisa de maricas! – exclamou Filippo.

Aí eu não aguentei:

– Filippo, você não gosta quando te chamam de maricas. Então, por que você está fazendo a mesma coisa com o João?

Droga, droga, droga! Eu falei um pouquinho alto demais. A turma toda se calou por alguns instantes para, logo em seguida, estourar em uma nova avalanche de risadas e insinuações:

– Olha só, a esposinha defendendo o maridinho!

– Uhuu, João Miguel e Alexia, o casal vinte!

– Vai lá dar um beijo de agradecimento nela João!

O diretor, cansado, virou-se para a professora de matemática e disse:

– Bom, eu tenho de passar nas outras salas. Desculpe-me por agitá-los dessa maneira.

A professora de matemática ficou em péssimos lençóis.

– Vamos nos acalmar, 6ª série!

A turma, porém, continuou, de forma cruel:

– Alexia, ele é boca virgem. Ainda não sabe beijar!

– Cuidado pra ele não te morder na hora H!

– Ei, João, você escovou os dentes hoje?

Demorou, mas a professora conseguiu acalmar a turma e recomeçar a aula.

Eu estava morrendo de raiva dos meus colegas. E a minha raiva era motivada por três razões que escrevi em meu caderno:

1 – Eu não gosto do João Miguel, mas não quero que as pessoas sejam cruéis umas com as outras.

2 – Cada um falava de como se sentia. Era um momento maravilhoso e raro que se perdeu pra sempre, graças à estupidez dos meus colegas.

3 – Eu não ouvi o poema do João Miguel sobre o Ayrton...

ORGULHO: PAI DE TODOS OS PECADOS

Sábado, no final da tarde, apareci na livraria. Eu estava morrendo de saudades do Henrique e, aproveitando que a loja estava vazia, já cheguei falando:

– Henrique, quero trabalhar na livraria como aprendiz aos domingos, pois gostei da experiência. Além disso, eu perdi os livros que você me deu e gostaria de recuperá-los.

Henrique se mantinha calado fazendo as últimas instalações em um computador.

– Ih, que legal, um computador! – comemorei. – Agora vai ficar mais fácil trabalhar aqui.

Henrique continuou quieto.

– Ei, o que houve com você? O gato comeu a sua língua?

– Não – respondeu o rapaz. – Primeiro, boa tarde, sua pirralha mal-educada. Segundo, por que você está mentindo pra mim?

Achei que fosse piada e disse de brincadeira:

– Ei, boa tarde, mas eu não sou pirralha! Você que é um velho babão!

Henrique permaneceu com a cara amarrada. Senti que a coisa era séria:

– Espera aí, você tá falando sério? Por que está me chamando de pirralha e de mentirosa?

– Você não perdeu os livros. Você foi atacada na rua e largou os livros para trás.

– Sim – eu disse. – Mas a vítima nessa história fui eu.

– Eu sei.

– E se eu não contei, foi por que eu não queria te deixar preocupado.

– Obrigado – disse ele, monossilábico.

– Não estou entendendo, Henrique. O que está acontecendo? Por que você está chateado comigo?

– Você não faz ideia, né?

– Não, não faço, não! Além disso, me diga, como é que você soube dessa história toda?

– Você veio aqui para ficar?

– Como é?

– Para o sarau! Você veio para o sarau?

– Não... eu... o que tem o sarau a ver com tudo isso?

– Se não veio para o sarau, é melhor cair fora, porque daqui a pouco chegarão os artistas e eu não vou poder te dar atenção.

Eu fiquei extremamente confusa. Simplesmente não entendia por que Henrique estava me tratando daquela maneira.

– A polícia veio aqui para te perturbar, Henrique? – indaguei. – Se isso aconteceu, mil desculpas. Eu devo ter contado para o detetive que fui atacada após sair daqui.

– Não, não é isso, Alexia – disse o rapaz, distanciando-se.

Fiquei matutando:

– Minha sorte não tá legal. Desde aquele discurso sobre o Pedro Bandeira, tenho perdido todos os meus melhores amigos!

As meninas, com inveja de meu destaque durante o evento, passaram a me ignorar. Filippo ainda estava de mal comigo após eu ter chamado a sua atenção perante toda a turma. Marciana continuava cheia de segredos comigo. Marcelo se transformara em uma grande frustração. Eu não poderia perder o Henrique de forma alguma!

– Henrique, você é um dos meus melhores amigos. Eu posso ser uma pirralha insuportável, chata, intrometida, mas tem um monte de coisas que eu quero te contar. Você me ensinou a gostar de ler e de trabalhar, você é engraçado e sua companhia me faz feliz. E eu preciso lhe dizer que finalmente entendi aquele capítulo em que Isabel, protagonista de *A Marca de uma Lágrima*, teve aqueles delírios com cobras e aranhas.

– Ah, entendeu é? – indagou o rapaz.

– Sim, entendi. Estava na cara, né... Mas eu ainda sou muito ingênua pra essas coisas!

Henrique continuou não me dando bola. Insisti:

– E você tem sido para mim um irmão mais velho.

– Sim – disse Henrique. – Eu adoro ser irmão mais velho.

– Que bom!

– Mas eu já tenho um irmão mais novo. Então, sinto informar que a vaga já está preenchida.

– Posso ser uma irmã sobressalente.

Henrique colocou uma pilha de livros ao lado do computador e, voltando-se para mim, disse:

– Alexia, você já ouviu a frase: "Eu odeio meu irmão, mas nele, só eu posso pôr a mão"?

– Não – eu disse, rindo.

– É uma grande verdade. Meu irmão é um pé no saco, é um garotinho que me irrita desde os tempos de feto. Mas ele é meu irmão, é sangue do meu sangue e só eu tenho o direito divino de fazê-lo infeliz. Você está me entendendo?

– Não!

Henrique colocou a mão no queixo:

– Como eu posso fazer você entender... Lembra quando você disse que achava que as mulheres deveriam ser loucas por mim?

– Lembro.

– Lembra quando eu disse que se eu tivesse a sua idade, eu seria totalmente apaixonado por você?

– Sim, lembro.

– Eu me enganei. Eu jamais seria apaixonado por você!

– Por que você diz isso? – indaguei, assustada.

– Porque, quando eu era pequeno, minha cara, eu era assim!

Henrique me passou uma foto meio gasta.

– O que é isso? – indaguei.

– Uma foto minha, tirada há oito anos; ou seja, quando eu tinha a sua idade.

– Não é possível! – eu disse. – Onde você arranjou essa foto?

– Foi minha mãe que colocou em um porta-retratos e me deu.

– Isso não pode ser verdade! – exclamei. – Esse menino na foto é meu colega de classe, João Miguel.

Por um milionésimo de segundo, tudo fez sentido na minha cabeça. Eu fiquei abobalhada olhando para o Henrique, sem saber o que dizer. O rapaz tomou a foto da minha mão e disse:

– Meu irmão nunca atacaria ninguém na rua. O que você fez foi uma atitude covarde! Suas suspeitas sobre ele não fazem o menor sentido!

As lágrimas começaram a escorrer pelo meu rosto:

– Mas não fui eu quem... foi a turma... todos diziam que ele estava apaixonado por mim e daí...

– Daí vocês chamam a polícia para interrogá-lo e meu irmão vive o pior vexame de sua vida.

– Espera, Henrique, eu...

– E você não sabe, Alexia, mas meu irmão é um menino tão gentil e educado que nunca abriu a boca para reclamar comigo ou com os nossos pais sobre o que acontece na escola. Fui eu que descobri.

– Você descobriu? Como?

Henrique sentou-se em uma cadeira e, triste, muito triste, disse:

– Foi fácil. Eu tinha um irmão feliz. Eu tinha um irmão que gostava de cantar, de escrever, declamar poesia. Agora o que eu tenho em casa é um menino mudo, sem cor e que não sabe mais sorrir. Ele chora à toa, vive com medo de dormir à noite e está sempre querendo faltar à aula. Eu sabia que algo muito ruim estava acontecendo com ele e fui investigar. Fui até a escola e a professora de matemática de vocês me disse, em segredo, que estava muito preocupada com o João. Meu irmão tem sofrido um regime de tolerância zero dentro de sala de aula. Daí, eu soube que tudo isso estava acontecendo por sua causa. Foi uma surpresa pra mim. Eu não sabia que o João era seu colega de classe e fiquei muito surpreso quando descobri que você foi tão cruel! Eu não posso permitir, Alexia, que façam maldades com o meu irmão... João é uma das coisas mais preciosas que eu tenho.

Henrique estava quase chorando. Não posso negar que, naquele momento, fiquei impressionada com o carinho que Henrique tinha por seu irmão. Também fiquei muito envergonhada com todas aquelas acusações.

– Henrique, me desculpa! Eu golpeei o meu agressor com a bolsa de livros e, no dia seguinte, o João estava com um curativo na cabeça, por isso, ele se tornou o meu principal suspeito.

– Você não sabe de nada, Alexia – disse Henrique. – Eu procurei meu irmão e nós tivemos uma conversa. Ele estava com medo, mas acabou revelando para mim que os meninos se juntam quase todos os dias para extorquir o seu dinheiro, surrá-lo e colocar a sua cabeça dentro do vaso sanitário.

Aquela informação me deixou horrorizada. Lembrei-me logo dos seus cabelos molhados. Henrique continuou:

– Assim que as agressões começaram, meu irmão decidiu matar aulas por uma semana, na expectativa de que o deixassem em paz. Mas foi pior! Quando meus pais descobriram, trataram-no como um marginal. Sua imagem ficou ainda mais arranhada perante seus colegas e professores.

E eu, idiota, pensando que ele faltara às aulas por causa de sua paixão por mim. "O orgulho", como dizia a minha avó materna, "é o pai de todos os pecados". Henrique continuou com o seu relato:

– Deixá-lo sem voz era parte de um laborioso plano desses meninos para que o João não contasse o que estava acontecendo. Tiraram tudo dele: o dinheiro, a credibilidade com os professores, a criatividade, a autoconfiança, a alegria de viver, a individualidade. E eu estou me sentindo péssimo! Me diga, Alexia, que droga de irmão mais velho é esse que deixa o irmão mais novo apanhar na escola?

Era duro ver o Henrique chorar. Era duro ver uma pessoa tão alegre e maravilhosa se sentir culpada daquele jeito. Eu agachei perto do vendedor e, arrependida, disse:

– Henrique, me desculpa. Eu não sabia que ele era seu irmão. Saiba que eu já não aprovava a forma como todos o tratam na escola. Sei que, de alguma forma, eu contribui para que isso acontecesse. Então, eu peço mil desculpas.

– Não é para mim que você tem de pedir desculpas, Alexia.

Essa era a pior parte. Pedir desculpas para o João seria o fim da picada. E se a turma descobrisse? Todos pegariam no meu pé. E se ele ficasse ainda mais apaixonado? Tentei afastar todos esses pensamentos para poupar a minha amizade com o Henrique.

– Você está certo, Henrique. Eu devo desculpas para o seu irmão – eu disse, com firmeza.

Henrique limpou as lágrimas e, pegando duas cadeiras para levar para o andar superior da loja, disse:

– Poderá fazer isso hoje mesmo. Daqui a pouco ele chegará para o sarau.

CAP 22

SUTIL MUDANÇA

Eu não me lembro de esperar por um menino com tanta expectativa e nervosismo quanto naquela noite de sarau.

O evento começara com um belo dueto de flautistas, que logo se transformaria em um jogral com poemas. No entanto, a espera e a obrigação de pedir desculpas a João Miguel era algo extremamente desconfortável.

Henrique me deixou usar o telefone da loja para pedir para o meu pai autorização para ficar para o evento. Foi difícil convencê-lo de que eu ficaria bem, mas eu consegui.

– Te busco daqui a mais ou menos duas horas, ouviu! – disse ele, um tanto mal–humorado, antes de desligar.

Aqui e ali, era possível ver músicos, atores e poetas com papéis nas mãos, prontos para apresentar seus poemas para o público. Entre artistas e espectadores, alguns adolescentes:

– Viu? Segui o seu conselho e convidei os *teens* do bairro – disse-me Henrique, satisfeito.

O sarau era divertido: os artistas se apresentavam e, posteriormente, os espectadores eram convidados por Henrique a mostrar seus talentos. Havia todo tipo de gente: atores, escritores, professores, estudantes, poetas mais velhos e experimentados, poetas de primeira jornada, cantores e músicos.

Ora os artistas se apresentavam em grupo, ora se apresentavam sozinhos. Na maioria das vezes, os poemas eram bons. Havia poemas ranzinzas, críticos, chatos, bem-humorados, melosos, gritados, curtos e emocionantes.

Uma cantora subiu ao palco e pediu para cantar Legião Urbana. Achamos o máximo!

Todos os dias quando acordo... Não temos mais o tempo que passou...

Todos cantaram juntos com ela. De repente, vi João Miguel conversando com uma garota. Ele estava diferente. Havia cortado o cabelo, estava com um semblante tranquilo e vestia uma calça jeans nova e uma camisa xadrez azul.

– Oi, João.

Ele parecia não acreditar:

– Alexia?

– Desculpe, interrompê-los – eu disse.

– Alexia, essa é Cora. Cora, essa é Alexia – apresentou João.

– Muito prazer – disse Cora. – Vocês dois são amigos?

– Sim – disse João, antecipando-se. – Somos colegas de escola.

– Nossa, que legal! – disse Cora. – E o João já declamou poesia na escola alguma vez?

– Não, na verdade não – respondi.

– Nossa! Vocês não sabem o que estão perdendo! – disse a menina com um sorriso bobo no rosto.

João ficou com o rosto avermelhado. Após o elogio rasgado, a menina pediu licença e foi colocar seu nome na lista de espera para poder se apresentar.

– Quem é ela, João? – indaguei.

– É uma amiga de infância. Crescemos nos encontrando nessa livraria.

– Jura? – estranhei. – Não entendo. Há quantos anos o seu irmão trabalha aqui?

– Desde pequeno, ajudando o meu pai.

– O seu pai? – indaguei, sem entender. – Seu irmão nunca me disse isso.

– Ele não diz isso para ninguém, mas todo mundo sabe. Ele não quer que as pessoas o tratem de forma diferente agora que ele é o dono.

– "Dono"? Como assim?

– Meu pai desistiu da livraria por causa dos prejuízos. Meu irmão assumiu a loja no ano passado e impediu a falência. Desde então, ele tem trabalhado muito para manter os lucros. Não sabe a dificuldade que é motivar as pessoas a ler.

– Eu acho que faço ideia – eu disse, sorrindo.

Era muita informação: em um só dia eu descobria que João era irmão do Henrique, que Henrique era dono da livraria, que sua humildade e generosidade beiravam o absurdo e, claro, que eu era patética, uma grandessíssima idiota!

– Você já conhecia a nossa loja? – indagou João.

– Sim, foi aqui que eu comprei todos os livros da escola.

– Certo... E meu irmão obrigou você a vir para conversar comigo? Você sabe que não é preciso!

– Não, não – eu disse, sem jeito. – Há tempos Henrique fala do famoso sarau de sábado e eu estou muito feliz por estar aqui.

– Ah, que bom! Seja bem-vinda! – disse João.

No vocal, a cantora:

Nosso suor sagrado é bem mais belo que esse sangue amargo.

– Eu gosto dessa música – disse João. – Gosto de *rock* nacional, mas ainda prefiro o *rock* americano. Eu não sei... nos primeiros acordes já dá pra sentir a diferença.

Os anjos cantaram "aleluia". Pela primeira vez, alguém falava uma verdade incontestável sobre o *rock*.

– Por que nunca ouvi você falar sobre *rock* lá na escola?

João sorriu e respondeu:

– Não seria uma perda de tempo?

Eu tive de concordar:

– Sim, acho que você tem razão.

– As pessoas ali estão muito ligadas em futebol – disse João. – Eu detesto quando meu pai me obriga a assistir aos jogos e me ensina aquele monte de palavrões. CA-RA-CA!!!

– Você só pode estar brincando... Eu penso a mesma coisa!

Eu senti que aquele era um bom momento para abrir o meu coração e pedir perdão por tudo que eu havia feito, mas João não deixou:

– Alexia, quero que você me perdoe.

– Ora, como assim? Por quê?

– Espalharam na escola que eu sou apaixonado por você. Quero que saiba que isso não é verdade.

Eu tive de tomar cuidado para não estampar no rosto a minha enorme surpresa:

– Desculpe, eu não entendi – disfarcei.

– Eu quis me aproximar de você, pois eu te acho muito inteligente. Eu queria convidá-la para o sarau do meu irmão, mas fiquei com vergonha. Daí a confusão.

Sem jeito, eu disse:

– Não se convida alguém para um sarau perguntando: "Quer que eu estoure o seu carrapato?", não é?

– Sim, foi uma péssima maneira de começar uma conversa – disse João, vermelho de vergonha. – Mas a ideia não foi minha. Seu amigo Filippo me disse que você precisava estourar o carrapato e que estava morrendo de nojo. Eu só quis ajudar.

– Filippo?

– Sim. Depois que ele viu que você não gostou, aproveitou para me zoar. Isso não tem importância alguma agora. Eu só quero que você saiba que, apesar de eu ser um pouco palerma, não costumo estourar o carrapato de ninguém. Só quando me pedem.

Eu ri. Foi engraçado!

– Mas você se ofereceu para ganhar um beijo – eu disse, já apelando.

– Meus agressores me ameaçaram e me obrigaram a fazer aquilo. Eles queriam te incomodar com a minha presença.

– Certo – eu disse, incomodada. – Então, você teve sorte, pois não deu tempo de dar o seu palpite.

– Não foi sorte – elucidou João. – Eu soprei a resposta certa no ouvido do Marcelo.

No vocal, a música do Renato Russo:

Então me abraça forte e diz mais uma vez que já estamos distantes de tudo.

– Agora, me dá licença – disse João –, pois está quase na hora da minha apresentação.

Eu arregalei os olhos e indaguei eufórica:

– Você vai ler um poema seu em público?

– Claro. Senão a Cora me bate – sorriu o menino. – Estamos aqui pra isso, certo?

Não, eu estava ali para pedir perdão a um garoto que, pelo visto, estava super bem resolvido com ele mesmo. Apesar dos olhos tristes, do jeito tímido, João não parecia guardar rancor ou raiva de ninguém. Eu fiquei superconfusa. Não sabia se ia ou se vinha. Fiquei no meio do caminho e, meio sem graça, meio com graça, disse:

– Já que é assim, declama o seu poema sobre o Ayrton! Eu fiquei curiosa!

João me olhou com um meio sorriso e disse:

– Pode deixar!

E não é que o meio sorriso dele era lindo?

João subiu no pequeno palanque sob uma chuva de aplausos dos artistas e do público presentes ao evento. Ele já era conhecido por todo mundo, pois, pelo visto, se apresentava no sarau desde criança.

Tímido, ele disse ao microfone:

– Vou declamar um poema que escrevi essa semana em homenagem a um ídolo!

Eu fechei os olhos. Enquanto João falava o seu poema de cor e salteado, eu via os versos grafados em luzes vivas:

Na pista, na crista da onda, o herói brasileiro,
tal qual aquele imolado Cordeiro,
De Ímola, Interlagos, Mônaco, do mundo inteiro,
despede-se da cruz da vida, do país do cruzeiro.

Todos aplaudiram o jovem poeta, entusiasmados. Para fechar a sua participação com chave de ouro, João pegou um violão e quase me viu desmaiar após dar os primeiros acordes de...

She's got a smile that it seems to me, reminds me of childhood memories...

Era demais para o meu coração! Eu não conseguia pensar em mais nada! *Sweet Child O' Mine* tocada no violão era uma experiência insubstituível, melhor do que um sonho, melhor do que a Disney Word... melhor do que o Marcelo!

Quando a apresentação terminou, eu estava pálida, vestida de picolé de coco. João saiu do palquinho e foi recebida por Cora, sua amiga de infância.

– Me conta, eu fiz muita besteira com o violão? – indagou o menino.

– Não, não – respondeu ela. – Foi perfeito! Tocou do jeitinho que meu pai te ensinou!

Amigos de infância... sei! Aquela garota estava tarada na dele! Homem é tudo idiota e nunca percebe essas coisas. Na cabecinha cor-de-rosa da Cora, eles dois já tinham cinco filhos, uma casa na praia, livros para toda uma vida e uma van prateada para carregar os fedelhos de um lado para o outro sem se cansar. Depois de desdenhar bastante da relação de amizade do meu colega de classe, eu percebi o que estava acontecendo:

– Meu Deus! Eu estou com ciúmes do João Miguel!

Não que eu quisesse algo com ele... nãããão! Não era isso, não! Eu só não tinha engolido muito bem essa história de ele não ser apaixonado por mim. Eu poderia ser a garota mais feia, menos talentosa e mais ridícula da escola, mas eu gostava de saber que havia um João Miguel apaixonado por mim. Um João Miguel que, pelo visto, quando crescesse, ficaria lindo como seu irmão, Henrique. Ai, ai, como a Genética é cruel! Agora eu teria de enfrentar a dura realidade: eu não era amada por ninguém, a não ser pelo meu priminho Ulisses, de cinco anos.

– Agora vamos convidar ao palco a leitora número um da nossa loja, a incrível, linda e vitaminada Alexia!

– Ops, esse é o meu nome!

Eu percebi que ficara tempo demais pensando. O evento já estava quase no fim e Henrique me convidara para subir ao palco e apresentar os meus poemas.

– Mas eu não trouxe nada... não tenho nada preparado – argumentei.

– Venha, Alexia, não seja tímida! – insistiu Henrique. – Fala de improviso.

– Não... – recusei. – Depois do João Miguel é covardia! É melhor outro dia, por favor.

– Deixa de bobeira, suba logo aqui!

Henrique praticamente me arrastou para cima do palco. Eu peguei o microfone e, olhando para o João abraçado com a sua amiga Cora, recitei um poema como quem tenta pedir perdão:

Hoje, vi a sutil mudança
no olhar de uma menina.
Na sede que fascina,
na esperança que domina
seu coração de criança,
ela falou como quem rima
e caminhou como quem dança.

As pessoas não tiveram tempo para me aplaudir. Eu agradeci ao Henrique e saí do palco correndo, como se tivesse de tirar o pai da forca. Mas o meu pai não estava na forca. Ele estava ali, na plateia, me assistindo:

– Minha filha, que lindo aquilo que você falou! Foi você mesma quem escreveu?

– Sim, pai, fui eu. Mas agora vamos embora, por favor. A festa acabou!

Ao chegar a minha casa, fui direto para o quarto. De lá, ouvi meu pai dizer para a minha avó, no corredor:

– Ela deve estar doente... pede pra ficar, depois pede pra ir embora... uma hora está feliz, na outra está triste... num momento está num palco falando coisas lindas e depois está no banco de trás do meu carro xingando uma tal de Cora.

– E você não sabe qual é o nome dessa doença? – indagou minha avó. – É adolescência!

CAP 23
UM CAMINHAR UM TANTO DESORIENTADO

De manhã, lá estava eu, no portão da escola. Muitos passaram por mim e deram bom dia; outros não estavam nem aí. Filippo me ignorou. Eu ainda tentei conversar com ele, mas o orgulhoso nem me deu bola. Marciana chegou abatida. Parecia que não havia dormido à noite:

– O que houve com você? – indaguei.

– Uns problemas aí.

– Não vai me contar?

Marciana nem se deu ao trabalho de me responder, entrou na escola e se perdeu no meio da multidão. Logo em seguida, chegou o Marcelo:

– Oi!

O Marcelo estava falando comigo. O Marcelo estava falando comigo!

– Ah, oi, Marcelo, tudo bem?

– Tudo. Por que você está plantada aí no portão da escola?

"Estou esperando o João Miguel. Decidi que vou entrar com ele na escola e que vou ficar ao seu lado para protegê-lo da zoação da galera." Esse era o verdadeiro motivo, mas eu preferi mentir:

– Por nada. Estou cansada de estudar. Quanto mais tempo longe da escola, melhor!

– Nem me fala – disse o louro. – Também não paro de pensar no quanto eu era feliz nas férias.

Nós rimos. Eu nem tinha achado tão engraçado assim, mas era uma forma de extravasar o nervosismo. E, meu Deus, o sorriso do Marcelo era lindo!

– Matar aula com você deve ser uma aventura e tanto! – disse o garoto.

Eu não acreditei... Para tudoooo!

– Nossos pais não iam gostar de saber disso – eu respondi, com maledicência.

– Não estou nem aí para os meus pais. Prefiro correr risco ao seu lado.

Fiquei muda. Por um instante, me perguntei: "Isso está mesmo acontecendo?". Marcelo continuou na ofensiva:

– Posso me sentar ao seu lado hoje? Dessa forma, a aula não vai ser tão chata.

– Tá bom! – eu disse, vibrando.

Marcelo me ofereceu a mão e eu a peguei. Me arrepiei toda. Ele me abraçou e me deu um beijo no rosto. Beijo roubado. Quem é que não gosta? Apesar de nunca ter beijado ninguém, eu já me sentia madura o bastante para dar esse importante passo.

Mas, antes, eu precisava resolver uma pendência muito importante. Pedi licença ao Marcelo e corri no encalço de Marciana que havia acabado de entrar no banheiro.

– Marciana, Preciso falar com você!

A menina parecia distante e preocupada enquanto se olhava no espelho.

– O quê é Alexia?

– Você e o Marcelo... existe alguma coisa entre vocês?

Marciana arregalou os olhos:

– Não! Por que você está me perguntando isso?

Eu estranhei a reação da minha amiga e continuei:

– Estou querendo saber, pois sinto que você gosta dele e eu...

Mais uma vez a reação exagerada:

– Eu?! Não sei de onde você tirou isso!

Marciana saiu do banheiro e me deixou cheia de pontos de interrogação na cabeça.

No banheiro masculino, ao lado, algumas vozes:

– Seu irmão veio falar com o meu pai.

Fui até lá e fiquei na porta escutando. João Miguel era abordado por dois garotos muito maiores do que ele.

– Você não imagina o quanto eu fiquei furioso com isso, cara! – dizia um deles.

O outro valentão:

– Você é louco de nos denunciar!

Eu estava prestes a intervir, ou chamar o inspetor da escola, mas, para a minha surpresa, ouvi o primeiro valentão dizer:

– Mas meu pai me mandou pedir desculpas. Eu prometo que não vou mais incomodar você.

– Seu irmão disse que nos denunciaria para os professores – disse o segundo. – Temos medo de sermos expulsos da escola por mau comportamento. Existe algo que possamos fazer para que isso não aconteça?

– Vou pensar em algo e aviso vocês – disse João. – Daí, marcaremos uma nova reunião nesse mesmo local.

Eles se cumprimentaram e deixaram o banheiro. Eu precisei disfarçar. Quando João Miguel saiu, notei que ele estava usando óculos.

– Nossa, João, você ficou bem com esses óculos!

– Ah, oi, Alexia. Obrigado.

– São novos?

– Não... Mas agora eu finalmente posso usá-los. Eles são caros e eu tinha medo de... perdê-los! Sabe como eu sou avoado.

– Sim, eu sei.

João me olhou de forma diferente e, com a respiração um tanto acelerada, disse:

– Você se importa se eu sentar ao seu lado hoje durante a aula?

Engraçado como o destino opera. Se fosse um pouquinho mais cedo, eu teria concordado, mas agora eu já tinha combinado com o...

– Marcelo? – indagou João.

– Sim. Como você sabe? – indaguei.

– Quando ele passa ao seu lado, seus olhos se transformam em molduras.

Eu fiquei paralisada por alguns instantes.

– É mesmo? – indaguei.

– Sim – respondeu João, com um sorriso tímido. – Quando uma mulher está apaixonada, o mundo fica mais lento. Ficar ao lado de alguém assim nessas horas é complicado, pois, às vezes, eu estou com fome e tudo o que eu quero é chegar à cantina o mais rápido possível.

Eu ri! Foi realmente engraçado. Também não pude deixar de me lisonjear por ele me chamar de mulher.

– Ah, João, você parece mais velho com esses óculos! Você amadureceu!

João arrumou os óculos no rosto e disse:

– Não, não. Eu sou o mesmo cara. Eu só precisava enxergar um pouquinho mais adiante!

Era mais do que isso... João Miguel parecia mais confiante. E confiança é tudo em um homem. Ele pode até não ser bonito, mas precisa se entender bonito. João tinha uma péssima postura, usava calça e tênis fora de moda. Mas com confiança, tudo isso era absolutamente ajustável.

Imagina o João com uma roupa mais esportiva... Talvez uma limpeza de pele, uma pinça para desunir aquelas sobrancelhas... Ressaltaria seus olhos! E ele pode estar largado na escola, mas aposto que ficaria um gato vestido para uma festa! E se eu desarrumasse um pouco aquele cabelinho lambido? Ficaria com um ar mais moderno. Uma jaqueta de couro talvez... Será que ele gosta de motocicletas? Acho lindo homens que andam em motocicletas...

– Alexia... Ei!

O tempo passara depressa e eu demorei um pouco para acordar do torpor.

– Oi, o quê?

– É hora do intervalo – disse Marcelo, sentado ao meu lado na sala de aula.

Marcelo... Estava aí um menino que não precisava se entender bonito, pois ele já era lindo!

– O que é que você tanto anota aí? – indagou o rapaz, apontando para o meu caderno.

– Nada – respondi, fechando-o.

– Vem aqui. Tem uma coisa que eu quero te mostrar.

Marcelo pegou minha mão e nós corremos até os andares superiores da escola.

– Aqui é o andar do Ensino Médio – eu disse.

– Eu sei! – disse Marcelo, empolgado. – Quero que você veja algo.

Paramos diante de uma porta.

– Essa é a sala de material esportivo – eu disse, sem entender nada.

– Eu sei, Galvão Bueno – disse Marcelo. – Para de narrar o jogo... Espera um minuto. Vou procurar a chave.

– Chave?

– É! Você vai adorar isso!

É engraçado. Quando eu sinto que estou prestes a viver uma situação de perigo, acho que meu anjo da guarda se manifesta em forma de *flashes* de memória. Lembrei--me de caminhar, ainda pequenina, de mãos dadas com a minha avó paterna pelos corredores da escola, e de ouvi-la dizer para o meu pai:

– Não sei... Eu não gosto muito dessa escola. É muito grande, fácil de se perder.

– Não se preocupe – disse meu pai. – Os funcionários vigiam o tempo todo!

A escola era grande e, pelo visto, minha avó Zezé tinha toda razão: era fácil de se perder. E, naquele exato momento eu estava em dúvida, entre a perdição e a obediência à minha intuição. Logo, lembrei-me de Henrique e seu discurso lá na livraria: "Não espere ficar adulta para começar a tomar conta de sua vida".

Fora de contexto, essa frase me permitiria seguir adiante. Depois, porém, eu me lembrei do que ele realmente dissera naquele dia: "Não espere ficar adulta para começar a tomar conta da sua vida. Faça isso agora, por conta própria, por meio da leitura.".

"Por meio da leitura." Ler, para mim, não era mais uma dor de cabeça. Eu havia compreendido que, para ser alguém nessa vida, precisava fazer leituras sobre o mundo e sobre as pessoas. E o Marcelo era um menino que não existia, desses que só vemos nos comerciais de margarina! Eu não podia imaginar que ele...

– Marcelo, para aonde estamos indo? – indaguei.

– Quer que eu estrague a surpresa?

Marcelo achou a chave, abriu a porta e me mandou entrar depressa na sala.

– Venha, antes que os inspetores vejam a gente.

– Como você conseguiu essa chave, Marcelo?

– Eu roubei!

Marcelo me puxou para dentro da sala e trancou a porta por dentro. Um cheiro horrível de borracha, plástico e suor tomou conta do ambiente. Senti-me claustrofóbica:

– Estou sufocada aqui dentro.

– Espera só mais um pouco.

Marcelo acendeu um isqueiro e iluminou o local. Fiquei me indagando: "Por que ele tem um isqueiro?". Marcelo moveu umas geringonças para o lado e encontrou uma escadinha de ferro grudada na parede. A escada era tão escondida que eu nunca havia reparado nela. O garoto subiu e abriu um tampo no teto.

– Venha! – disse ele. – Mas tome cuidado pra não cair.

Com cuidado, eu subi os degraus da escada e, com a ajuda do Marcelo, cheguei ao terraço do prédio, onde a vista era surpreendente.

– Que tal? – indagou o menino.

Batia uma brisa fresca e o Marcelo ficava cada vez mais bonitinho com os cabelos arrepiados.

– Só você mesmo pra me trazer até aqui em cima – eu disse, impressionada, mas com medo.

– Eu só queria sair de perto do pessoal e fugir com você para um lugar mais tranquilo.

Não posso negar que aquilo era ousado. Marcelo me abraçou e passou a mão em minha cintura. Eu senti seu corpo contra o meu e a sua respiração forte. Na cabeça, o pensamento: "É agora! Será que ele vai notar que eu nunca beijei ninguém na vida?".

Ninguém havia conversado comigo sobre beijos. Eu estava em uma sinuca de bico, literalmente. Marcelo segurou os meus cabelos com firmeza e, sem muito espaço para negociação, me beijou.

Eu não sabia bem o que fazer, então, segui a minha intuição: no princípio, nada de língua. Apenas queria sentir o beijo dele. Marcelo beijava bonitinho e, pelo menos no princípio, parecia se preocupar comigo. Fui me soltando aos poucos e, com o passar do tempo, me entreguei mais. Mas ainda não conseguia parar de pensar que estava em um local proibido.

Tentei expressar esse meu sentimento para o Marcelo. O garoto sorriu, de forma maledicente, e disse:

– Eu venho aqui sempre!

– Como assim? – indaguei, desconfiada.

– Costumo vir aqui com os meus amigos quando tem jogo aos finais de semana, ou quando ajudo o professor de Educação Física a arrumar os materiais esportivos.

– Mas, se nos encontrarem aqui, vão nos punir – argumentei.

– Desde que eu esteja com você, eu não me importo.

No entanto, eu me importava. Aquilo estava indo longe demais e, apesar de achar interessante estar em um lugar tão diferente, minha cabeça não parava de racionalizar a situação. Eu beijava o Marcelo e pensava: "Puxa, se não estivéssemos em uma situação tão desconfortável, eu ia gostar mais disso.".

Marcelo começou a beijar o meu pescoço. Eu não queria dizer nada e deixei. A mão dele, que estava nas minhas costas, deslizou para o meu quadril. Eu tirei a mão dele e o adverti:

– Não faça isso!

Recomeçaram os beijos e lá estava o Marcelo com as mãos de novo na minha... na minha...

– Hora de ir embora!

– Ora, o que é isso, linda. Temos mais uns cinco minutos.

– Não, não temos, não! Estou com um pressentimento ruim. Vamos embora agora mesmo. Depois a gente... conversa melhor. Preciso voltar para o recreio.

– "Recreio"? – indagou Marcelo, tirando um cigarro do bolso. – Você está falando em "recreio"? Voltou a ser criança agora, é?

Eu arregalei os olhos e, tentando me conter, disse:

– Não sou criança, Marcelo. Só quero voltar para sala!

Marcelo riu e acendeu o cigarro. Chegou bem perto da beirada do prédio e bafejou a fumaça no ar.

– Vem mais pra cá, por favor – eu disse, nervosa. – Saia de perto da beirada!

Eu estava em pânico. Nunca havia visto alguém da minha idade fumar.

– Você é muito esquentadinha – disse ele. – Por que não relaxa um pouco? Quer um cigarro?

– Não!

– Não precisa ficar assustada. Muitos dos nossos amigos fumam. Alguns fazem coisas muito piores.

– Não estou nem um pouco interessada nisso – eu disse, assustada. – Por favor, vamos embora!

Eu sabia bem o que o cigarro era capaz de fazer com uma pessoa. Minha avó paterna havia perdido duas irmãs por causa desse maldito hábito. Insuficiência respiratória é uma doença que afoga o indivíduo no seco. Minha avó tinha enfisema nos dois pulmões, havia feito cirurgia para retirada de dois tumores e, volta e meia, precisava ser internada. O pior, porém, era o cheiro de suas roupas e de seus cabelos. O cigarro fazia as pessoas se afastarem cada vez mais da triste e solitária "dona Zezé do 101".

– Nós já vamos – disse Marcelo. – Deixa eu acabar esse cigarro.

Fiquei ansiosa. Eu não estava nem um pouco feliz em ser mantida ali como refém de um capricho tão nojento.

– Quem foi que lhe deu cigarros, Marcelo? – indaguei.

– Meu irmão mais velho. O bom de ter irmãos mais velhos é que eles te contam como as coisas funcionam.

Na mesma hora, me lembrei de João Miguel. O mundo teria de dar cinquenta mil voltas em um segundo para eu ficar tonta o bastante para imaginar o Henrique dando um cigarro para João fumar.

– Você já acabou? – indaguei, enojada.

– Sim – respondeu ele, jogando o toco de cima do terraço. – Vamos!

Marcelo não combinava com cheiro de cigarro. Tampouco eu combinava com o cheiro de suor que emanava da sala de materiais esportivos.

Assim que eu ganhei os corredores do colégio, me senti aliviada. Um inspetor que passava por ali, indagou:

– O que vocês estão fazendo nesse andar? Já passa da hora de ir para sala de aula. Vamos!

Próximos da sala, Marcelo me disse:

– Desculpe se eu te assustei, linda. Eu acho você maravilhosa! Se me der essa moral, eu queria ficar de novo com você.

Achei as palavras doces. Pena que o hálito estivesse tão amargo.

– Tudo bem – eu disse, com um misto de insegurança, frustração e conformismo.

Apesar de tudo, na minha cabeça, havia o medo: "Será que ele gostou de mim?".

Marcelo me abraçou e me deu mais um beijo. Em vez de entrar na sala, ele foi cumprimentar um grupo de alunos mais velhos que estavam sentados perto da escada. Ele parecia feliz e isso contava pontos a favor dele. João Miguel estava por ali, escrevendo algo em seu caderno. Mais tarde, ao chegar à minha casa, eu descobriria um bilhete dele na minha mochila, que dizia:

Hoje ela estava com os olhos redondos quadrinizados – lentes de contato instantâneo. O cabelo preso e o sorriso solto. Um caminhar meio desorientado. Essa menina sabe ser mulher quando finge andar distraída.

Eu li o bilhete e refleti:

– É... Esses óculos do João Miguel são bons mesmo!

CAP 24
O CORRETO É PAGAR À VISTA!

No dia seguinte, de manhã, eu me preparava para ir à escola quando o telefone lá de casa tocou. Mais uma vez, a voz misteriosa:
– Alexia... Eu quero que você saiba que eu te amo.
– Quem é que está falando? – indaguei, nervosa.
– Alô!
– Vamos nos encontrar, eu prometo!
Tu, tu, tu...
A voz rouca impossibilitava qualquer identificação. "Não é possível!", exclamei, frustrada. "Quem é que está fazendo esse tipo de brincadeira comigo?"
Desde o dia que eu fora atacada na rua, meu pai deixava dinheiro para o táxi. No entanto, eu sabia o tanto que ele trabalhava para pagar as contas lá de casa e me sentia culpada por gastar o dinheiro dele com esse tipo de mordomia.
– Ainda bem que eu tenho o Marcelo – eu disse, com a mão no peito. – Ele vai me dizer o que fazer.

Fui de ônibus para a escola. Ao chegar lá, encontrei Marciana parada no portão:

– Aí está você! – disse ela.

– Oi, Marciana, o que houve?

– Precisamos conversar!

Os meninos se perguntam por que as mulheres vão tanto ao banheiro na companhia das amigas. Eis aí um bom motivo!

– O que houve, Marciana?

– Não saia mais com o Marcelo!

– Ora, como é que você sabe que...

– Todo mundo já sabe!

– Mas como?

– Os irmãos dele contaram pra todo mundo.

Fiquei pensando: "Não há por que ter medo. É natural que as pessoas saibam que estamos juntos. E isso é até bom!".

– Termina com ele!

Tentei colocar panos quentes:

– Marciana, fica calma. Eu sei que você gosta do Marcelo, mas...

– Não gosto, não!

Eu respirei fundo:

– Marci, não precisa mentir pra mim. Eu vi vocês dois se beijando na coxia do auditório.

Marciana ficou enrubescida:

– Você viu?

– Sim, eu vi. Não falei nada por respeito a você. Só não entendi por que não quis me contar.

Marciana respirou pesadamente:

– Eu não quis contar porque eu estava com vergonha...

– Vergonha de quê? Por ter beijado o garoto mais lindo do mundo?

– Naquele dia, o Filippo me disse que o Marcelo queria ficar comigo. Eu nem acreditei! O Marcelo veio falar comigo na coxia do auditório, uma coisa puxou a outra e, quando eu vi, já estava beijando ele.

– Mas por que você não me contou isso, Marci? Somos amigas!

– Porque... – Marciana olhou para ver se tinha alguém ouvindo – eu não gostei.

– Como assim?

– Eu não gostei de nada! Fiquei morrendo de medo de vocês acharem que eu era uma criançona. Por isso não falei nada.

– Me diz o que aconteceu!

– Depois que a Esterzinha mandou a gente parar com aquilo e voltar pra plateia, o Marcelo quis me levar para um lugar mais reservado.

Uma cena bem parecida com a que eu vivi.

– Ele levou você ao terraço da escola? – indaguei, desconfiada.

– Sim. Eu fiquei com medo, mas deixei rolar. No começo, foi bom. Ele levou uns colchonetes, nós sentamos e ficamos apreciando a vista. Passado algum tempo, ele começou a querer forçar a barra. Disse que eu tinha de deixar de ser criança e deixar as coisas acontecerem naturalmente. Eu quis sair dali, quis ir embora. Daí surgiu a Carolina e aquele pessoal do Ensino Médio que fica parado na porta da escola. Eles são amigos dos irmãos do Marcelo. Eles começaram a me humilhar. O Marcelo ficou me esnobando. Eu quis sair, mas o pessoal começou a me assustar, a dizer que eu ia ficar trancada ali até... até... fazer o que o Marcelo queria! Eu comecei a chorar. Foi o Marcelo que me acalmou, dizendo que estava tudo bem e que eles estavam falando apenas por falar. Mas no fundo, ele estava se divertindo.

Eu não pude acreditar em tudo que eu escutava.

– Marci, ele me levou ao terraço também. Não tentou fazer nada comigo, mas também achei estranho.

– Foi o meu primeiro beijo, Alexia, mas eu não gostei. Comecei a achar que tinha feito algo de errado e me senti culpada. Quando eu cheguei ao auditório, a Feira Literária já tinha acabado. Eu tinha perdido o melhor da festa! O Marcelo também estava chateado por não ter assistido ao evento e, frustrado, falou que não deveria ter perdido o tempo dele com uma pirralha como eu. Ele me comparou a você, disse que era com você que ele queria ficar e que achava você muito mais bonita e inteligente do que eu.

– Que idiota! – eu disse, com raiva. – Mas eu não entendo... Se ele queria ficar comigo, por que procurou você?

– Ele disse que o Filippo o convenceu de que você não queria nada com ele.

– Mas a custo de quê o Filippo diria isso? – indaguei.

– Eu não queria te contar isso. Eu fiquei com um pouco de inveja de você quando vi o seu sucesso diante de toda a escola. Daí, ficar com o Marcelo foi uma forma idiota de me vingar, porque, no fundo, no fundo, eu percebia o quanto você gostava desse menino. Agora, pessoal do

Ensino Médio está idolatrando o Marcelo. Os amigos dos irmãos dele já contaram para todo mundo que ele conseguiu levar duas garotas ao terraço em menos de um mês, e eu não quero terminar a minha amizade com você por causa desse garoto. Não quero!

Ao final do discurso, Marciana estava pingando. Eu a abracei e disse:

– Está tudo bem. Nós vamos superar isso.

Antes, porém, havia alguns nós que precisavam ser desatados:

– Me diga, Marciana... Você gostava do Marcelo antes de ele vir falar com você?

– Eu sempre o achei bonitinho, mas não imaginava que ele fosse falar comigo.

– Marci, você é tão bonita! Naquele dia, você estava radiante. Você acha que eu também não fiquei com inveja por você ter sido a escolhida para recepcionar os escritores? Depois, eu percebi que essa inveja não me fazia bem.

– Nem pra mim, nem pra mim! – disse Marciana, limpando as lágrimas.

– Sabe o que vamos fazer? – indaguei.

– Não.

– Vamos às forras!

– Como assim?

Peguei minha amiga pelo braço e saímos daquele banheiro fedido. No meio do caminho, catei a Esterzinha pela gola e, ao chegar à nossa sala, interrompi a aula do professor de Português:

– Professor, posso dar um recado para a turma?

– Primeiro, explique a crase!

– Pois não! É usada quando há preposição seguida de artigo definido.

– Perfeito – disse o professor, sentando-se. – Seja breve!

Fui até o púlpito, na frente da lousa, e disse:

– E aí, amigos?! Eu queria dizer pra vocês que a Marci e eu estamos muito indignadas com as mentiras que o Marcelo e os irmãos dele andam espalhando sobre nós.

Marcelo arregalou os olhos, assustado. Marci se aproximou, um tanto tímida, e disse:

– Sim, ele forçou a barra com a gente. Nós gostamos de homens gentis. E, se isso é ser criança, podem nos considerar crianças.

Marcelo parecia querer entrar em um buraco no chão e fugir para o Japão.

– O engraçado disso tudo – continuei – é que a criança que existe dentro de mim nunca vai empunhar um cigarro para parecer descolado, jamais tentará separar duas amigas que se amam, nunca andará com péssimas companhias, nunca assustará as pessoas e, de forma alguma, fará fofocas sobre elas.

Marci finalizou:

– E, dito tudo isso, gostaria de dizer: cuidado, amigos! A aparência distrai, a essência conquista!

Finalizado o nosso pequeno espetáculo, fomos aplaudidas pelo professor e, em seguida, por toda a turma.

– Que belo discurso, ótima fala de improviso e sem nenhum erro de português! – orgulhou-se o professor.

– Obrigada, mestre. É que eu leio bastante! – eu disse, orgulhosa.

Marcelo levantou-se e, gaguejando, disse:

– Peraí, professor, eu exijo um direito de resposta!

– Soletre "exijo".

– E, Z, I G...

– Direito negado! Vá se explicar na secretaria!

Esterzinha era pequena, mas tinha a força de um urso. Agarrou o menino pelo braço e o arrastou até a secretaria. Da sala, escutamos o seu sermão:

– Seu fumante, tarado, psicopata, analfabeto! Vai ficar feliz em saber que chamaremos seus pais e seus irmãos para uma bela conversa!

Olhei para o João Miguel. Ele sorriu para mim e me passou um bilhetinho:

Mudando de assunto... Agora, me pergunto: o que fará com a expectativa que fabricou durante meses em seu coração? Colocará a venda em um leilão? Devolverá ao fornecedor? Consumirá tudo sozinha aos prantos debaixo do cobertor? Distribuirá sorrisos como se fosse preciso dar amostra grátis de seu carinho e de seu amor? Doará tudo a um mendigo solitário que cultuará o Narciso que mora em seu interior? Venderá os seus lamentos e sentimentos para algum desconhecido? Estou consumido pela curiosidade! O que mais poderá fazer a mulher que me surpreende com tanta maturidade?

Eu ri, e, com o mesmo fervor poético, escrevi um bilhete resposta e passei para ele:

Trancada a sete chaves, a emoção perde o valor. Aproveito o dia a dia e empresto à poesia alguns versos de amor. O correto é pagar à vista. Se não der certo, gasto tudo com o analista!

Ficamos feito dois idiotas rindo das baboseiras que escrevíamos. Filippo nos olhava com ar de nojo. Sem querer, um dos bilhetes caiu no chão. Filippo pegou o papel e disse ao professor:

– Mestre, olha só! A Alexia e o João Miguel estão passando bilhetinhos durante a aula e isso está tirando a minha concentração.

A turma, ao perceber que eu trocava bilhetinhos com o João Miguel, fez aquele ti-ti-ti peculiar.

– Filippo, o que está acontecendo com você? – indaguei. – Você quer atrapalhar a minha vida?

O menino deu um sorriso cínico e respondeu:

– Claro que não. É como eu sempre digo: "Quem pretende apenas a glória não a merece.".

Aquela era uma confirmação para mim: Filippo havia se transformado em uma espécie de inimigo. Comecei a refletir sobre os fatos. Ele espalhara para todos o boato de que João Miguel estaria apaixonado por mim e criara formas de ridicularizá-lo. Depois, usara o idiota do Marcelo para tentar me separar de minha melhor amiga. Por último, usara os meus argumentos como uma desculpa para justificar uma inimizade comigo.

O professor de Português não estava com muito bom humor. Caminhando entre uma carteira e outra, ele pegou o bilhete das mãos de Filippo e indagou:

– O que temos aqui, meus caros? É diversão, é?

Lembrei-me de uma passagem do livro de Pedro Bandeira, quando o professor pega um poema de Isabel molhado com uma lágrima e o lê para a turma.

– Um belo texto – disse o professor, com o bilhete nas mãos. – Ótimas imagens poéticas... e o mais importante, sem erros ortográficos.

Ufa! Sem dizer mais nada, o professor devolveu o bilhete para a minha carteira e continuou sua aula como se nada tivesse acontecido.

CAP 25

SITUAÇÃO REAL DE TERROR

– Mas o que levaria o Filippo a agir assim com você? – indagou João Miguel.

– Acho que ele tem andado deprimido – respondi. – Há algumas semanas, ele reclamou de tédio e disse que não se sentia motivado para estudar.

– Será que ele tem buscado formas de se satisfazer criando problemas para os outros? – indagou João.

– Não sei...

Já passava das 23h de domingo e nós ainda conversávamos ao telefone. Minha avó já havia me pedido para desligar várias vezes, mas eu simplesmente não conseguia. Era tão gostoso conversar com o João! E nós ainda estávamos empolgados com o sarau que acontecera no dia anterior.

– Mais uma vez, você arrebentou no violão, João.

– Obrigado! Você também foi ótima em sua apresentação.

– Posso ler um poema que escrevi para você? – indaguei.

– Claro.

Procurei o meu caderno de anotações e não o encontrei.

– Vê se não está na sua mochila – sugeriu João.

– Não... não está! – eu disse, nervosa.

– Fica tranquila. Você deve ter esquecido na escola. Quando isso acontece comigo, os funcionários sempre colocam as minhas coisas nos achados e perdidos.

– Alexia, já pra cama! – disse a minha avó, chata. – Quantas vezes vou ter de lhe chamar?

– Minha avó está me mandando desligar o telefone – eu disse.

– É, minha mãe também... vou nessa. Um beijo!

– Um beijo.

Quando João estava para desligar, eu o chamei novamente na linha:

– João, espera, João!

– O que foi? – indagou o menino, voltando ao telefone.

– Será que eu posso me sentar ao seu lado na aula amanhã?

– Er... claro!

– Então, tá... beijos!

– Beijos!

Ele deve ter colocado o telefone de mau jeito no gancho, pois eu ouvi a algazarra que ele fez do outro lado da linha assim que terminou a conversa. Foi estranho e divertido ao mesmo tempo.

Mesmo com a perda do meu caderno, a segunda-feira seguinte tinha todos os ingredientes para ser a aurora de uma semana mais tranquila para mim.

João e eu nos aproximávamos cada vez mais, e Marciana estava mais segura e tranquila. Por conta dos últimos acontecimentos, eu riscara o Marcelo e o Filippo da minha lista de amizades.

No entanto, eu não poderia imaginar o que aquele dia me reservava. Aquela segunda-feira mostraria para mim que todos os mistérios e histórias tenebrosas que eu ouvira na infância não poderiam ser comparados a uma situação real de terror.

Para começar, ao chegar à escola de manhã, fui surpreendida com risos e piadas de mau gosto, vindo de todos os alunos da instituição. Todos se juntaram no portão para me infernizar:

– Tá namorando com o João Miguel, Alexia?

– Uhu, casa com ele e me chama pra ser padrinho!

– Não tinha ninguém melhor pra namorar não?

– Fala pra gente, ele beija igual joga futebol?

– Quanto de saliva ele depositou na sua boca no primeiro beijo?

– Faz uma inseminação artificial para os seus filhos não ficarem idiotas como o pai.

– Já apresentou o boboca para o sogrão?

É incrível o que as pessoas são capazes de fazer quando estão em grupo. Mesmo aqueles que são bons criam dentes e garras. Em nome de uma ideia equivocada de diversão, se juntam para massacrar quem está sozinho. Logo vieram os inspetores, bater cabeça e demonstrar total despreparo com a situação. As piadinhas continuavam:

– Arruma uma pinça e faz a sobrancelha dele, Alexia!

– Não engorda com o namoro, senão você não caberá na garupa da motocicleta dele.

– Pede pra ele bagunçar o cabelo e coloca a foto dele pra espantar as moscas na mesa do café da manhã!

– Quer um esfregão pra fazer a limpeza de pele na cara dele?

Aquelas piadinhas estavam muito esquisitas. Foi aí que eu vi uma quantidade enorme de papel no chão. Agachei-me e analisei um desses papéis. Tomei um baita susto! Havia dezenas de fotocópias das páginas de meu diário jogadas no chão. Minhas reflexões e poemas, alguns íntimos, estavam jogados ao vento, para que todos pudessem ler. Eu quase desmaiei. A página que havia recebido maior número de cópias tinha sido simplesmente essa:

Imagina o João com uma roupa mais esportiva... talvez uma limpeza de pele, uma pinça para desunir aquelas sobrancelhas... Ressaltaria seus olhos! E ele pode estar largado na escola, mas aposto que ficaria um gato vestido para uma festa! E se eu desarrumasse um pouco aquele cabelinho lambido? Ficaria com um ar mais moderno. Uma jaqueta de couro talvez... Será que ele gosta de motocicletas? Acho lindo homens que andam em motocicletas...

Ao longe, Marcelo e Filippo comemoravam como se tivessem marcado um gol. Eles riam e se cumprimentavam. Faziam questão de mostrar para mim que haviam se juntado para me atacarem. Alguns minutos depois, João chegou ao colégio. Nossa! O pobre coitado sofreu mais do que eu. Entre tapas e chutes, as ofensas terríveis:

– João gostosão! Lindo! Me dá um autógrafo!

– João, como foi perder a virgindade com a Alexia? Ela te machucou muito?

– João, João, a Alexia é gostosinha?

– Cara, é verdade que você beija mordendo?

– Casal de poetas? Vai casar e morar na rua! Vai morrer de fome!

Essas são só algumas das ofensas que ouvimos. Outras, mais pesadas, nem conseguiria reproduzir aqui. Após colocar toda a turma em formação e recolher os papéis que estavam espalhados no chão, os inspetores mandaram os alunos para as suas respectivas salas.

Diante de tamanha confusão, a coordenadora nos trancou em sua sala. Sem saber o que fazer, indagou:

– O que vocês fizeram para deixar esse pessoal desse jeito?

Nada. Nós não havíamos feito nada!

– Eu não quero ir pra sala – eu disse, aos prantos, sentindo-me humilhada.

– Mas você precisa ir – disse a coordenadora. – Não pode se deixar abater, senão eles continuarão a pegar no seu pé.

João tomou a palavra:

– Esse ano tem sido muito difícil pra mim. Mas a Alexia não precisa passar por isso.

– Por isso o quê? – indagou a coordenadora, irritada. – Todo mundo passa por uma situação de vexame uma vez na vida. O que precisamos é tomar mais cuidado com as coisas que escrevemos. Também precisamos tomar cuidado com a nossa imagem. Vocês já estão bem grandinhos, precisam saber lidar com esse tipo de situação.

Eu simplesmente não podia acreditar naquele discurso. A coordenadora parecia nos culpar por toda aquela situação absurda. Sem saber o que falar, ou o que fazer para me defender, decidi voltar para a sala de aula. João se levantou para me seguir, mas foi impedida pela coordenadora:

– Primeiro um, depois o outro. Vocês por acaso nasceram grudados? É dessa forma que vocês dão oportunidade para as pessoas falarem mal de vocês. Os responsáveis por todo esse estardalhaço serão encontrados e punidos. Enquanto isso, por favor, não lhes deem motivos para mais algazarras.

Eu estava prestes a vomitar toda a raiva que estava contida dentro de mim. Fui andando, pé ante pé, até a sala de aula. No meio do caminho, encontrei Esterzinha, que fez questão de me acompanhar.

Ao chegar à sala, encontrei um silêncio mórbido. Vasculhei a sala com os olhos em busca de Marciana. Ela faltara à aula. Eu escutava apenas o barulho do giz do professor riscando o quadro negro. Meus colegas fingiam que não estavam me vendo, mas era possível ouvir seus comentários maldosos e suas risadas abafadas.

– Xiii! Silêncio! – disse o professor.

Eu era pura vontade de chorar. Sentei-me na carteira e passeei no tempo, em busca de um porto que me fizesse esquecer que aquele dia existira. Tentei pensar no meu pai, pensei nas minhas avós e na forma como eles reagiriam quando ouvissem o meu relato sobre aquela situação absurda. Será que ficariam do meu lado? Será que ficariam contra mim? As lágrimas teimavam em brotar dos meus olhos e eu tomava cuidado para secá-las na fonte, de modo que não ficasse evidente a minha tristeza.

João Miguel chegou à sala logo em seguida e, cansado, sentou-se em seu lugar. A sala permaneceu muda, pois todas as palavras do mundo já haviam sido ditas. Na esfera invisível, porém, nossas cabeças travavam batalhas feitas de acusações, com faixas de nuvens negras cheias de trovões e raios. No meio de toda essa guerra, uma canção vitoriosa era emanada pelos sorrisos vingativos de Marcelo e Filippo, felizes por terem destruído a minha vida.

CAP 26
QUE VOZ É ESSA?

O sinal me acordou do torpor. Eu estava sozinha na sala de aula. Todos já haviam voltado para casa, inclusive João Miguel que, antes de partir, ainda tentou conversar comigo, sem sucesso.

Entendendo-me sozinha, chorei. Chorei muito.

Assim que peguei a minha mochila, vi um bilhete do João:

Encontre-me no cais do porto às 14h, próximo ao serviço alfandegário.

Eu só queria ir para casa descansar. Até o momento, aquele havia sido o pior dia da minha vida.

No entanto, eu tinha de ir ver o João. Imaginei que ele quisesse conversar sobre o ocorrido. Havíamos falado por telefone sobre a Feira do Livro que aconteceria no cais do porto e que, certamente, receberia um estande da livraria do Henrique. Pensei: "Vai ver, ele quer me mostrar o local... ou mesmo contar para o irmão tudo o que aconteceu.".

Fui me arrastando até o cais. O local não ficava longe da minha escola e, como precisava espairecer, preferi andar até lá. Na minha cabeça, eu tentava organizar as ideias e buscar uma forma de explicar os motivos de toda aquela violência. Tudo em vão. Nos meus ouvidos, o assobio que o Axl Rose faz na canção *Patience.*

– Se minha vida fosse um filme e eu tivesse total domínio da direção, essa, certamente, seria a música tema – refleti.

Caminhando pelas ruas inóspitas do cais, passei a cantar alto:

"All we need is just a little patience."

Passei por uma *van.* Não houve tempo de reação. Em um minuto, eu estava caminhando pela rua e no outro, com um saco na cabeça, jogada dentro do veículo.

– Vai, fura ela! – gritou alguém.

– Quem é que está aí? – gritei.

– É a voz da sua consciência – responderam.

– Cala a boca e fura ela de uma vez! – alguém ordenou.

– Quem é? – indaguei, assustada. – Quem é?

Senti uma dor forte no meu braço. Alguém sussurrou em meu ouvido:

– "O segredo é não correr atrás das borboletas... é cuidar do jardim para que elas venham até você.".

Quando percebi, estava cercada pelo nada. Meus sentimentos, ansiedade, medo, raiva e dor se reduziram a um estado de total neutralidade. O céu azul feito para aquele maravilhoso verão havia simplesmente desaparecido. Eu sufocava lentamente e, entre trancos e barrancos, ouvia a voz rouca:

– Devagar, devagar com ela!

Eu sentia o gosto do sangue. Minha cabeça vazava, meus olhos pareciam sair da órbita como pruridos de memória. Uma dor e uma angústia me alcançaram e me fizeram de açúcar:

– Estou derretendo, estou derretendo!

Fora de mim, risos, muitos risos estonteantes e frenéticos. Em meus delírios, eu escutava minha avó:

– Cuidado! Vai ficar com uma verruga no dedo.

Eu ouvia o meu pai:

– Ela deve estar doente... pede pra ficar, depois pede pra ir embora... uma hora está feliz, na outra está triste!

Ouvia a Esterzinha:

– Desgrudem que vocês não são bichos!

Ouvia o João Miguel:

– Espalharam na escola que eu sou apaixonado por você. Quero que saiba que isso não é verdade.

Ouvia o meu Marcelo idealizado:

– Não quero ficar longe de você!

Ouvia o Marcelo real, rindo com o cigarro na boca:

– Você está falando em "recreio"? Voltou a ser criança agora, é?

Ouvia a Marciana, ouvia o Filippo, ouvia até a professora de Matemática:

Vamos nos encontrar

EU PROMETO!

RECREIO

Voltou a ser criança agora

CUIDADO!

VAI FICAR COM UMA VERRUGA NO DEDO

vocês não são bichos!

NA OUTRA ESTÁ TRISTE

UMA HORA ESTÁ FELIZ

meu pai era um macaco

LONGE

Vocês são muito cruéis

Eu não sou apaixonado por você

Eu estou enorme

minha filha!

se eu tivesse

MÃE

Eu sei como se sente, minha filha!

Eu sei como se sente, minha filha!

Eu sei como se sente, minha filha!

MINHA

como

EU

FILHA!

– Vocês são muito cruéis com o João Miguel. Quando ele erra é discriminado, quando acerta, também é!

Eu escutava o som do meu coração. Junto com a batida, uma voz incessante dizia:

– Vamos nos encontrar, eu prometo!

Tu, tu, tu, tu – a linha caiu!

Entre risadas, eu ouvia as sombras do passado:

– Ah, então, é isso! O trisavô do tataravô do meu pai devia ser um macaco!

Entre choro, alguns lamentos:

– Esse maldito vestido não cabe em mim!

O resto foi uma avalanche de informações:

– Não precisa ficar irritada, Alexia! Aposto que o vestido tem uma costurinha aqui que nos permitirá soltar um pouquinho mais o tecido.

– Dãã, tão precisando de ajuda? Dãã, eu tenho um canivete... Dãã, agora é só chamar o MacGyver! Dãã!

– Eu trabalho a semana toda... Me deixem assistir ao MacGyver em paz!

– PC, PC, vai pra cadeia e leva o Collor com você!

– É, o Collor foi um mal necessário.

– Vóóó, você não percebeu que esse vestido não caberia em mim?

– Minha filha, esse ano eu não comprei o seu vestido de natal.

– Ah, não, vó! Ah, não! Como é que eu vou sair desse quarto sem a droga de um vestido?

– Vamos procurar outra roupa...

– Droga, vó, isso é roupa de criança! Isso não aconteceria se eu tivesse mãe!

A voz da memória ecoou em minha mente:

– É, eu sei como se sente, minha filha!

– Eu sei como se sente, minha filha!

– Eu sei como se sente, minha filha!

CAP 27
OLHOS RASOS, BOCA ABERTA

No banheiro do colégio, João Miguel andava de um lado para o outro como um leão aprisionado. Ele marcara uma reunião de emergência com seus antigos *bullys* e aguardava ansiosamente pela chegada dos valentões.

– Ei, João, o que houve? – indagaram os fortões, ao entrar no recinto. – Por que você chamou a gente?

Angustiado, João disse:

– Vocês queriam me recompensar pelos meses de humilhação e agressões gratuitas, certo? Bom, chegou a hora. Acho que a Alexia está em perigo.

– Quem?

– A Alexia, minha amiga. Eu fui até a casa dela para conversarmos e dei com a cara na porta. Graças a Deus, consegui falar com o meu irmão e ele ligou para a avó dela. Foi aí que eu soube que ela vinha recebendo ligações com ameaças. Agora, eu estou desconfiado de que existe alguém aqui na escola envolvido com tudo isso, pois eu encontrei esse bilhete jogado no chão da sala de aula, perto da carteira dela.

Encontre-me no cais do porto às 14h, próximo ao serviço alfandegário.

– Espera um pouco – disse o valentão mais velho –. Essa tal de Alexia foi a mesma que humilhou o nosso irmão?

– Irmão? De que irmão vocês estão falando? – indagou João.

Logo atrás dos brucutus, apareceu Marcelo.

– Eles estão falando de mim – disse o louro.

João estava confuso:

– Vocês três são irmãos?

Os três riram.

– É um idiota mesmo! – esnobou Marcelo. – Nasceu idiota e pelo visto morrerá idiota. Por que você acha que apanhava todos os dias? Acha que eu não percebia o jeito que você olhava para a Alexia?

– Eu não entendo – disse João. – Se você gosta dela, me ajude! A Alexia deve estar em perigo!

– Eu não tenho nada a ver com isso, meu caro! – disse Marcelo. – Eu dei uma chance a ela de ficar comigo. Ela não quis e preferiu você. Isso me deixa enojado e muito, muito irritado! Meus irmãos podem ter sido proibidos de encostar a mão em você, mas essa proibição não se estende a mim!

Dito isso, Marcelo partiu para cima de João. Com um soco, fez o rapaz perder os óculos, bater o rosto na pia e cair no chão.

– Esse aí já era! – disse o irmão mais velho enquanto vigiava a porta do banheiro. – Mete a mão nele, faz como a gente ensinou!

Marcelo passou a dar chutes em João. Mesmo machucado e sob ataque, João conseguiu segurar o pé de seu agressor e, levantando-se, aproveitou o impulso para atirar Marcelo ao chão.

Marcelo se levantou e, com raiva, tentou dar outro soco em João, mas o menino conseguiu desviar, agarrou o oponente pelas costas e o sufocou com uma gravata.

Os olhos de Marcelo foram ficando rasos, a boca aberta, as narinas escancaradas. Ainda houve uma tentativa de defesa, mas João, com uma força titânica, conseguiu deixá-lo desacordado.

– Quem vem agora? – gritou João, ensanguentado. – Quem vem?

Os dois valentões ficaram por alguns segundos sem acreditar no que viam. Quando finalmente se deram conta de que seu irmão mais novo havia sido derrotado por um *nerd*, espumaram:

– Você vai morrer!

– Não, não vai não.

Aquela voz era bastante conhecida por João. Na porta do banheiro, seu irmão, Henrique.

– Mano!

Os dois valentões ajoelharam-se no chão com medo. Henrique, com raiva, partiu para cima deles, mas foi impedido pelo irmão mais novo:

– Henrique, não! Não faça isso!

– Você tem certeza? – indagou o livreiro, com o braço erguido para começar a chuva de socos.

– Sim – disse João, segurando-o. – Vai amarrotar a camisa do Snoopy que eu lhe dei de presente!

Henrique levou os dois valentões diretamente para a coordenação. Ao chegar lá, João mostrou o bilhete que encontrara no chão da sala de aula, e a coordenadora, assustada, ligou para a polícia.

– Pronto! – disse Henrique, sentando-se, exausto. – Agora é só esperar que as autoridades façam a sua parte.

Esterzinha não se aguentou:

– Eu não sei vocês, mas eu estou partindo agora mesmo para o cais do porto para resgatar a minha menina.

João e Henrique se entreolharam e disseram, em uníssono:

– Espere por nós!

Sobraram os dois valentões e a coordenadora na sala, entreolhando-se.

– Cadê seu irmão mais novo? – indagou a coordenadora, ainda sem saber o que fazer com os *bullys*.

– Está desmaiado no banheiro.

– Ah, ótimo... – suspirou a gestora.

CAP 28
QUANTIDADE EXORBITANTE DE POEIRA

Eu experimentava uma sensação de total descontrole sobre meu corpo. Meus olhos, quando abertos, eram agredidos por luzes fortes e coloridas.

– Quero... minha casa! – eu consegui dizer, com voz falha.

– Sua casa é comigo agora – rebateu a voz rouca.

Eu perdia a conexão com a luz e, em um movimento enjoativo de maré, me sentia navegar nas letras de meu caderno:

> A certa hora da tarde, todo objeto iluminado pelos raios de sol que teimam em entrar pela janela parece emanar uma quantidade exorbitante de poeira.

Era a mais pura verdade. Entre mim e a pessoa que me sequestrara, havia uma cortina de fumaça. Eu só via seu corpo magro e frágil. Com frieza e desdém, a pessoa disse, com o meu caderno em mãos:

– Estou vendo que quer ser escritora. Eu também tinha esse sonho na sua idade. Pena que todos os sonhos são sempre tirados de nós.

Eu queria dizer: "É mentira!", mas não conseguia.

– Água, água!

– Dê água pra ela – ordenou a voz rouca.

Alguém colocou água dentro da minha boca. Engasguei-me. Eu tentava me manter lúcida, mas era muito difícil organizar os pensamentos.

– Me ajude a colocá-la na cadeira de rodas – ordenou a voz.

Uma baba gosmenta fez uma longa ponte entre minha boca e meus pés.

– Eca, que nojo! – exclamou alguém atrás de mim.

– Você também fica assim quando se droga! – disse a voz rouca, irritada.

Os diálogos pareciam rios. Eles invadiam meus ouvidos e inundavam o meu cérebro:

– Então, já fiz a minha parte. Agora me dê o prometido!

A voz rouca disse:

– Você não pode calar essa sua boca? Ela vai reconhecer você desse jeito.

– Impossível, ela está dormindo. Sorte dela, afinal, "*sonhar é acordar-se para dentro*".

Sonhar é acordar-se para dentro. Eu conhecia essa frase. Era do Mario Quintana, um poeta extremamente conhecido por suas frases de efeito, frases essas que eu vinha escutando há algum tempo.

Na minha cabeça, meu anjo da guarda se manifestava em forma de *flashes* de memória:

A noite acende as estrelas porque tem medo da própria escuridão.

E, de outra feita:

Quem pretende apenas a glória não a merece.

E, por fim:

O segredo é não correr atrás das borboletas... é cuidar do jardim para que elas venham até você.

Mais uma vez, era possível identificar o autor de frases tão célebres: Mario Quintana.

Foi um fiapo de voz. Eu falei o nome do poeta duas ou três vezes e, por último, o nome da pessoa que vinha citando suas frases desde o episódio em que eu fora atacada na rua:

– Filippo!

Filippo, assustado, indagou:

– Ela está lúcida?

Mais uma vez, a voz rouca:

– Eu falei! Cale a boca!

Filippo desesperou-se:

– Me dê a droga e a grana e eu vou embora!

– A droga está aqui – salientou a voz rouca. – Mas não tenho mais grana.

– Como assim? Esse foi o prometido!

– Você falhou ao tentar capturá-la na primeira vez. Com isso, perdi o primeiro navio para a Holanda e tive de usar o seu dinheiro para continuar no Brasil.

– A Alexia me nocauteou com um livro do Mario Quintana – argumentou Filippo, massageando a testa. – Sorte dela que eu amei esse poeta!

Filippo passara a citar Mario Quintana após ficar com o meu livro. Aquela era mais uma confirmação: Filippo havia se transformado em uma espécie de inimigo para mim. Muito mais do que isso, na verdade, ele se transformara em uma espécie de inimigo dele mesmo.

– Tenho pena dela, mas agora não dá mais pra voltar atrás! – disse Filippo.

– Pena? – indagou a voz. – Você está louco? Ela vai para a Holanda! Lá é primeiro mundo! Olha só a sorte dessa garota!

– Ela sempre foi sortuda! – disse o rapaz, com desdém. – Desde pequena, sempre foi tratada melhor do que todo mundo pelos professores. Admirada pelo João, amada pelo Marcelo. Até a Marciana gostava mais dela do que de mim!

– Invejoso! – acusou a voz. – Sou grato por você ter me ajudado a sequestrá-la, mas sei que sua intenção foi se livrar dela. No fundo, você queria ter o que ela tem: sua família, seus amigos, seus cabelos...

– Cabelos esses que ela nunca soube cuidar! – argumentou o rapaz. – Fui eu que a ensinei a encaracolar os cabelos, minha querida.

A pessoa que me sequestrara se deixou apanhar por uma nesga de luz. Era uma mulher. Ela tirou uma tesoura e uma máquina de cortar cabelo de dentro de seu embornal e disse, lamentando-se:

— Ela não teve uma mãe para cuidar dela.

Filippo arregalou os olhos:

— O que você vai fazer com essa máquina?

— Vou raspar o cabelo dela. Assim, não será reconhecida quando passar comigo pela estação portuária. Ah, Alexia, como é bom poder vê-la finalmente. Eu estava cansada de só ouvir a sua voz pelo telefone, e triste por não poder explicar a você o meu grande plano. Saiba que eu tenho aqui alguns documentos falsos que a identificam como uma irmã com necessidades especiais. Desse modo, será mais fácil para nós recomeçarmos uma nova vida.

Filippo estava horrorizado:

— Mas não se deve cortar o cabelo de uma menina!

— Nada me dá mais tristeza do que fazer isso — respondeu a mulher. — A melhor lembrança que tenho da Alexia é dos tempos de criança. Certa vez, o pai dela levou-a até a clínica de reabilitação onde eu estava internada. Eu estava radiante por finalmente poder ver a minha filhinha. Lembro-me de ficar horas escovando seus cabelos e pensando no dia em que eu poderia ter uma vida normal com ela.

— E por que essa vida não aconteceu? — indagou Filippo.

— Eu nunca consegui largar as drogas. Eu queria cuidar da minha filha, ter uma relação amorosa com ela, mas

meu ex-marido conseguiu a guarda dela na justiça e, pior, contou com a ajuda da minha mãe. Deprimida, fui para a Holanda morar na casa deixada por meus avós, onde vivi de bicos e das esmolas do governo. Contraí HIV com uma agulha contaminada. A vida piorou! Eu sempre soube, porém, que um dia eu conseguiria a minha filha de volta, nem que, para isso, eu tivesse de fazer uma loucura.

Filippo tomou a palavra:

– Agradeça a mim por ter dado certo. Antes de me procurar, você pediu a Carolina para te ajudar no sequestro, não foi?

– Sim. Ela parecia desesperada por dinheiro e por drogas. No entanto, para a minha surpresa, ela se recusou a trabalhar pra mim – disse a mulher.

– Aquela menina quase estragou todos os seus planos. Ela estava prestes a contar tudo para a Alexia no dia da Feira Literária. Por sorte, eu estava por perto para impedir. Ela só ficou calada porque eu ameacei contar os podres dela pra Polícia. Você deveria me dar o dobro do que nós prometemos!

A mulher sorriu, cansada:

– Você se acha muito inteligente, não é mesmo Filippo? Mas está enganado! Sua vida está destinada. Você dificilmente se livrará das drogas. Elas, sim, daqui a pouco, se livrarão de você. Você ficará cada vez mais dependente, cada vez mais sedento por esse – abriu o meu caderno e leu uma frase que lhe chamou a atenção – "céu de um verão proibido" e passará a fazer coisas absurdas e humilhantes para, no fim, ter cada vez menos prazer com essas porcarias. Você ficará cada vez mais escravizado pelo dinheiro e nem sempre trabalhará para pessoas tranquilas como eu. Será pior! Muito pior!

Filippo ficou mudo e me segurou com firmeza. A mulher ligou a máquina zero e começou a raspar a minha cabeça.

– Me desculpe, minha filha, me desculpe! Mamãe promete que seu cabelo vai crescer de novo. Quando isso acontecer, eu os escovarei todos os dias.

CAP 29
OLHOS E OUVIDOS QUE VARAM AS MULTIDÕES

Era possível escutar o chamado do navio que nos levaria para a Holanda. Uma nuvem de pessoas caminhava por um corredor extenso à procura de informações, compra de passagens e últimas lembranças antes de deixar o Brasil.

Em minha cabeça havia vozes. Todas elas gritavam por socorro. Meu corpo, porém, não respondia a esses estímulos. Eu recebera uma alta dose de droga que, além de desabilitar os comandos do meu corpo, me deixava grogue, quase sem sentidos. Eu não conseguia sentir medo ou tristeza. Eu apenas tinha uma leve noção dos conceitos de sim e não e de certo e errado.

Com documentos falsos e minha sequestradora passando-se por minha irmã, era fácil para ela driblar todas as autoridades da alfândega. Na verdade, poucas pessoas ali estavam interessadas em mim. A maioria me olhava apenas com um sentimento de pena – algo que, suponho, deveria transpassar o meu peito e alcançar em cheio o meu coração. Mas eu nada sentia.

– Ela é assim desde os cinco anos – dizia a minha sequestradora para uma senhora. – Desde criança, ela luta para sobreviver. É uma guerreira!

– E por que vocês rasparam o cabelo dela? – indagou a curiosa.

– Depois do tratamento para o câncer, os cabelos não cresceram mais. Daí resolvemos manter assim permanentemente. Ela não tem senso de estética. O cabelo não tem a menor importância para ela.

– Ora, mas ela é bonita de qualquer jeito! – disse a senhora, olhando-me com ar de misericórdia. – Ela me entende quando eu digo isso?

– Sim, ela entende.

– E por que estão embarcando para a Holanda? – insistiu a senhora.

– Temos familiares lá. E o serviço de saúde do país é fantástico.

– Certo, certo.

Minha sequestradora tinha tudo o que precisava para sumir comigo para o resto da vida. Após sequestrar-me, sendo minha mãe biológica e uma cidadã holandesa, seria juridicamente complicado para o meu pai conseguir resgatar-me. Isso, claro, se ele um dia conseguisse me encontrar.

Eu estava convencida de que aquela droga, aplicada diversas vezes, poderia causar em mim uma overdose, ou uma dependência química severa. Outra preocupação era a possibilidade de ter sido infectada com o uso de agulhas contaminadas.

– Eu amo a Holanda – continuou a senhora –, mas me incomoda a forma como o Governo de lá lida com a questão das drogas. Eles preferem dar drogas para os viciados em vez de ajudá-los a se livrar do vício. Já imaginou se isso virar moda?

A mulher, empurrando a minha cadeira de rodas, argumentou:

– Algumas pessoas acham que esses viciados já não podem ser recuperados. Neste caso, fica mais barato para o Governo dar a eles a substância de que necessitam do que tratá-los.

– Todos podem ser recuperados, minha filha – disse a senhora, com um sorriso no rosto. – Deus sempre dá várias chances para os seus filhos se reerguerem. Basta que cada um faça a sua parte!

A mulher, que se passava por minha irmã, deu um sorriso amarelo e disfarçou:

– Sim, é verdade! Agora, me dê licença, preciso levar minha irmã ao banheiro.

– Certo, certo...

A senhora se distanciou de nós. Minha irmã fajuta ficou reclamando:

– Vá vender loucura a outro! Eu já tenho suficiente.

Então, virou-se para mim e disse:

– Fique aqui, preciso comprar algo para tomar. Estarei naquela fila, de olho em você.

A mulher entrou em uma longa fila para comprar bebidas alcoólicas. De longe, começavam os chamados para embarque no navio com destino ao porto de Amsterdã.

Pela primeira vez, eu comecei a sentir algum tipo de nervosismo. Um frio correu por toda a minha espinha.

Naquele momento, que engraçado, eu só conseguia pensar que logo, logo começaria a Copa do Mundo e eu não assistiria aos jogos ao lado do meu pai.

Também pensei no João Miguel. Como ele reagiria se me visse careca? Será que ele daria gargalhadas? Será que ele acharia a minha cabeça bonita? Eu devia estar simplesmente horrorosa, mas bastaria um chapeuzinho ou um lenço bonitinho para disfarçar a falta dos meus lindos cabelos.

Senti alívio de finalmente conseguir chorar.

Ao longe, um rosto conhecido.

Um milhão de rostos desconhecidos e apenas um conhecido.

Tantos conhecidos haviam me traído... De quem seria aquele rosto conhecido?

Lembrei-me: "É a inspetora da minha escola. Como é mesmo seu nome?". Imaginei como seria assistir aos jogos da Seleção ao lado dela... a cada comemoração de gol, uma bronca:

– Desgrudem que vocês não são bichos!

Sim, o nome dela é Esterzinha!

Mas ela está tão longe de mim.

Eu não sei gritar.

Eu não posso gritar.

Eu sou o grito...

Lembrei-me do famoso quadro *O Grito*, de Edvard Munch. Finalmente eu conseguia entendê-lo!

No quadro de Edvard Munch, o céu se contorce espremido pelo desespero do homem que grita sobre as águas gélidas de um rio. Além de mim, o mar, o território internacional... Os pescadores de outrora deveriam se imaginar verdadeiros astronautas em um céu feito de água, tormentas, seres amedrontadores, enjoo, silêncio e muitas estrelas que orientam os timões.

Meu porto seguro caminha em passos largos, entre rostos, sereias e dragões. Lá está ele, um porto seguro com armas nas mãos. O príncipe que invade cavernas, derruba ogros e vilões. Olhos e ouvidos que varam as multidões. Seu nome é de gente grande, vasta figura, onipotente, onipresente trovão; tem garras, tem dentes, é gente e leão. Compasso centrado, que gira na mão, constrói palavrinhas que assustam ou não. O nome dele... o nome dele é João!

– João! – gemi. – João!

João passava de um lado para o outro. Avistou-me, passou os olhos por cima de mim e seguiu para o outro lado.

– João!

Nada! A mulher que me sequestrara reconheceu o meu amigo de classe acompanhado de seu irmão e da inspetora da escola. Vociferou:

– Inferno! Esses idiotas...

Ela precisou atravessar uma parede de gente para me alcançar, mas o fez com a naturalidade e com a calma dos sociopatas.

Sem muita opção, enfiou-me na fila que aguardava para embarcar.

– Prioridade! Por favor, eu tenho prioridade aqui! – gritou.

Velhinhas encasacadas se afunilavam em um portãozinho de acesso ao dique. O atraso era justificável. Uma funcionária do setor de embarque deu a minha irmã de mentira a péssima notícia que ela jamais gostaria de ouvir:

– Um de nossos funcionários empurrará a cadeira de rodas da sua irmã, pois é parte de nosso protocolo de segurança.

– Tomem cuidado, por favor – disse a mulher, melodramática. – Ela é uma jovem muito doente e é tudo que eu tenho nessa vida!

Henrique estava ao meu lado. Com a cabeça erguida, olhava um ponto no horizonte. Sem criatividade, jamais inclinaria a cabeça para me ver. Ao mesmo tempo, é certo que ele me via, pois todos no setor de embarque já tinham sentido alguma misericórdia pela minha pessoa.

– Henrique! Henrique! – eu gritava, em silêncio.

Um funcionário do setor de embarque manobrou a minha cadeira. Ao ser girada, fiquei ao lado do meu amigo livreiro e cheguei a sentir o seu perfume. O braço não funcionava. A cabeça tombava para o lado. Mas o pé... esse, com algum esforço, poderia fazer algo. Desde que eu conseguisse... mesmo por alguns segundos... focar toda a minha energia nessa parte do corpo e...

– Ai!

Um chute bem dado na canela. Bem feito!

– Desculpe, senhor! – disse o funcionário do setor de embarque.

– Não foi nada. Eu é que peço desculpas – disse Henrique, ao comover-se com a minha situação.

Maldita educação a desse rapaz! Ah, se eu pudesse xingá-lo!

O funcionário puxou-me de costas e, para sua surpresa, minha cadeira não cabia no estreito portãozinho de acesso ao dique. Minha irmã de mentira já estava próxima ao navio quando percebeu a confusão que se armara comigo no portão de embarque. Injuriada, ela retornou ao local:

– Anda! Tome cuidado com ela! Anda! Estamos com pressa!

– Não se preocupe, senhora! – disse o funcionário. – O navio não partirá sem todos os passageiros.

A mulher bufou nervosa. O homem tentava a todo custo virar a cadeira de lado para me fazer passar por aquele maldito buraco na cerca de contenção.

– Vira ela mais de lado, assim! – disse a sequestradora. – Anda, cuidado com as pernas dela.

Henrique observou a situação e, mesmo sabendo que não tinha muito tempo a perder, sentiu que precisava fazer algo para ajudar.

Santa educação a desse homem! Se eu pudesse, lhe daria um beijo.

– Vocês precisam de ajuda? – indagou o livreiro.

– Não, não! Está tudo certo! Pode ficar tranquilo – respondeu a mulher.

O funcionário, porém, estava muito enrolado e pediu:

– Pode me ajudar a erguer a cadeira por cima da cerca de contenção?

– Claro!

Ótima ideia! Assim eu ficaria livre para poder viajar com tranquilidade para a perdição!

– Henrique! Henrique!

Nada! Nem um fiapo de voz.

Henrique ergueu a cadeira com toda a força que tinha. Sua ideia era passar a cadeira por cima da cerca de contenção. Seu rosto pairou na frente das minhas pernas enquanto eu viajava por cima do obstáculo e...

Pimba!

Mais um chute bem dado. Dessa vez, no queixo do rapaz. Essa doeu!

Henrique virou os olhos com o impacto e o nariz começou a sangrar.

– Oh, meu Deus, me desculpe! – mais uma vez, o funcionário.

– Não! Não se preocupe! Eu estou bem.

– Mas o senhor está sangrando!

– Não liga, não! – disse Henrique, ainda zonzo. – Vamos aterrissar a cadeira.

Finalmente me colocaram no chão. Força, força, força, força...

Pimba!

Dessa vez, o chute foi no meio das pernas. Sinto muito! Era a única forma que eu tinha de me comunicar!

Com o impacto, Henrique ajoelhou-se no chão. O funcionário e todos os homens do setor de embarque se solidarizaram com Henrique levando as mãos aos seus respectivos "países baixos".

Minha irmã fajuta empurrou com pressa a minha cadeira em direção ao navio.

– Espera, senhora, espera! – gritou o funcionário. – Sou eu que devo levá-la, senhora. Espera!

Mesmo dolorido, Henrique levantou-se com a coragem de um titã e, investigando melhor a situação, disse:

– Esperem um pouco. Eu gostaria de dar uma olhada nessa cadeira de rodas.

– Desculpe, senhor, mas se não é passageiro, precisa sair do setor de embarque – disse o funcionário.

– Antes, deixe-me observar essa cadeira de rodas. Ela tem um problema.

– Um problema? – indagou o funcionário.

A mulher estava prestes a desvanecer de tanta irritação:

– Já passa da hora de embarcarmos!

Henrique ajoelhou-se para consertar algo na cadeira de rodas e, com a boca perto do meu ouvido, sussurrou:

– O pai da Isabel se inspirou em alguém para criar a sua filhinha. Você sabe quem foi?

A minha língua estava presa, mas eu sabia a resposta certa. Com um esforço enorme, consegui soprar as três palavras mais bonitas que alguém drogado e debilitado poderia dizer:

– Cyrano de Bergerac.

Henrique arregalou os olhos e, surpreso, indagou:

– Alexia, é você?

Eu o beijaria, mas a baba que saía da minha boca me impedia.

– Alexia! – gritou ele!

Minha mãe biológica argumentou:

– O nome dela não é Alexia! Cada louco com a sua mania! Vamos embora, minha irmã!

– Essa é a Alexia! A Alexia está aqui! – gritou Henrique.

Com a algazarra, Henrique chamou a atenção de João e de Esterzinha. João pulou a grade de proteção e abraçou-me:

– Alexia, me desculpe, me desculpe por tê-la deixado sozinha! Me desculpe! Eu prometo que eu vou cuidar de você! Eu prometo!

João abraçou-me e me fez sentir segura. Um alívio tomou conta do meu coração e as lágrimas brotaram como gotas de orvalho na flor.

– João, leve a Alexia para um lugar seguro – disse Esterzinha, imobilizando o braço da minha sequestradora.

João não quis usar a cadeira de rodas. Com força, o rapaz me pegou em seus braços e carregou-me no meio da multidão.

No colo do meu herói, vi os policiais chegando. Carros e carros de polícia, sirenes e até mesmo uma ambulância. Vi meu pai correr aliviado em minha direção:

– Minha filha, minha filhinha, graças a Deus, você está bem! Graças a Deus!

Eu não podia acreditar no que ouvia. Meu pai falando em Deus? Ele pegou na minha mão e disse:

– Agora eu acredito em Deus, minha filha, eu sei que acredito. Foi Deus que a trouxe de volta pra mim. Foi Deus! Obrigado senhor!

João caminhava comigo em seu colo e foi necessário um enfermeiro convencê-lo a me colocar em uma maca, de modo que eu pudesse ir para o hospital.

– Desde que as ligações começaram eu imaginei que fosse a sua mãe – explicou meu pai –, mas nós pensávamos que ela estivesse na Holanda. Além disso, nunca imaginamos que ela pudesse fazer algum mal a você. Me perdoe, minha filha, me perdoe!

Minha avó segurou o braço do meu pai e disse-lhe, com candura:

– Deixe-a ir para o hospital. Depois conversaremos a respeito.

Meu pai pulou para dentro da ambulância:

– Eu vou com ela.

Minha avó o puxou pelo braço:

– Não, não... esqueceu que não posso dirigir por causa da catarata? – E, apontando para João Miguel, disse:

– Deixe que esse jovem maravilhoso a acompanhe até o hospital. Vamos segui-los, de carro.

Minha avó deu uma piscadela para João Miguel, que, entendendo o recado, subiu na ambulância e pegou a minha mão. Eu sentia meus dedos formigarem. Uma dor terrível ocupou espaço dentro de minhas veias e eu apertava a mão de João com toda a força que eu tinha.

– Fica tranquila, fica calma... – disse João. – Vai dar tudo certo! Eu estou aqui, eu estou aqui!

Mesmo sem voz, atrapalhada pelo mal-estar e pela dor física, eu sentia pender em meus lábios o poema mais doce do mundo, feito sob encomenda para João Miguel... E esse poema dizia:

– João, eu te amo!

CAP 30
GOTAS DE ORVALHO NA FLOR

Era dia de festa no colégio: todos reunidos para assistir à partida da Seleção Brasileira contra a Itália. O jogo poderia dar ao Brasil o tetracampeonato mundial vinte e quatro anos após a última conquista de Copa do Mundo.

Eu detesto esse esporte, mas sempre gostei dos jogos da Seleção. Família, comidinhas, papel picado e muita festa nas cores verde e amarela.

Na escola, uma verdadeira revolução. Todos os alunos foram escalados para enfeitar as salas e os corredores com as cores do nosso país. E as mudanças não pararam por aí.

Denunciada por omissão em relação aos casos de violência e tráfico de drogas dentro da escola, a antiga coordenadora fora afastada pela Direção. A nossa professora de matemática, que denunciara o escândalo, fora a escolhida para o cargo, o que nos deixou muito felizes.

A primeira decisão da nova coordenadora foi não expulsar Marcelo e seus irmãos. Por sugestão do Conselho Tutelar, os três receberam orientação psicológica e começaram aos poucos a se reintegrar à comunidade escolar.

Filippo foi expulso da escola e internado em uma clínica de reabilitação para adolescentes narcóticos, indicada pelo Juiz da Criança e do Adolescente. Após o difícil estágio de desintoxicação, ele ainda teria de cumprir sentença socioeducativa a mando da Justiça.

Minha mãe biológica foi indiciada pelo Ministério Público por sequestro, tráfico de drogas, agressão a menor e repasse de drogas para menores. Eu a visitei na prisão. Emocionada, ela pediu perdão por todos os seus equívocos e contou que estava frequentando um grupo de apoio a narcóticos dentro da cadeia.

Os meus poemas, recolhidos do chão da escola pelos funcionários, foram lidos pelo professor de português. O homem ficou encantado com versos e, motivado a divulgar as minhas obras – que, segundo ele, tinham "belas imagens poéticas, rico vocabulário e assertivas gramaticais" –, resolveu apresentar-me a um amigo editor que se predispôs a lançar-me como escritora.

Indagada sobre o nome de meu primeiro livro, não pensei duas vezes e as palavras saíram com naturalidade da minha boca:

– Céu de um verão proibido.

O lançamento do meu livro só poderia acontecer em um lugar: na livraria do Henrique, em um sábado de sarau. Além disso, eu enviei um convite para a editora do Pedro Bandeira na expectativa de que ele aparecesse.

Ah, e não pense que a carreira de escritora me afastou dos meus amigos. Eu continuei trabalhando na livraria aos domingos e curtindo os saraus aos sábados. Marciana e eu intensificamos a nossa amizade e eu passei a "brincar de imaginar" mais vezes. Durante essa brincadeira, imagino histórias cheias de amor, ação e mistério.

A nova coordenadora da escola ficou tão impressionada com o idealismo de Henrique que o convidou para ministrar oficinas motivacionais para os alunos e para abrir um ponto de venda de livros dentro da instituição de ensino. O convite, claro, foi imediatamente aceito!

As coisas também mudaram na minha casa. Meu pai e minhas avós prometeram que nunca mais esconderiam verdades sobre o passado com o propósito de me proteger. Eles também prometeram dar novo apoio ao tratamento de desintoxicação da minha mãe biológica e nunca mais negar meu acesso a ela.

Meu pai passou a dar mais atenção às minhas necessidades femininas. Nunca mais precisei pedir dinheiro para comprar artigos íntimos e produtos de higiene e beleza. Eu simplesmente ganhava uma grana extra de mesada para essas necessidades básicas. Ah, e depois de muita insistência, eu recebi autorização para usar maquiagem e... para namorar.

Meu pai teve de parar de falar palavrões durante os jogos. Isso porque a nova coordenadora abriu a escola durante as férias para exibição dos jogos da Seleção em um telão montado em nosso auditório. Na frente de meus professores, meu pai não conseguia falar palavrão, mesmo quando Romário chutava a bola bem pertinho do gol.

Para mim, o Bebeto foi o jogador mais importante da Copa. Se bem que, aquele tal de Taffarel também era lindo de viver. No entanto, nenhum deles era tão bonito quanto o meu João Miguel, que passou a usar lentes de contato, roupas mais modernas e um corte de cabelo mais bonito.

João foi o meu primeiro amor. Nós começamos a namorar ainda no hospital, quando eu estava debilitada, drogada, babada e careca. Mesmo assim, ele me olhava com carinha de apaixonado e dizia:

– Você é a mulher mais linda do mundo.

Se isso não é amor, eu precisaria redefinir o significado dessa palavra.

Agora era chegada a hora mais esperada de todas: o jogo entre Brasil e Itália seria decidido por meio de uma disputa de pênaltis. Marciana e eu roíamos o toco de unha que nos restava.

O jogador italiano Franco Baresi perdeu o primeiro pênalti! Pra fora! A galera explodiu!

Era a vez de um jogador brasileiro, Márcio Santos...

– Ai, nem quero ver! – eu disse, ansiosa.

O goleiro italiano defendeu! Meu pai precisou se conter:

– Filho da pura mãe brasileira!

Risos para espantar os momentos de tensão.

Após o próximo jogador italiano marcar um gol – o que nos calou –, Romário marcou para o Brasil!

– *Eu sei que vou, vou do jeito que sei, de gol em gol com direito a replay* – cantamos, empolgados.

Nova batida para a Itália... mais um gol! Agora, lá vai Branco... gol do Brasil!

– Está empatado! Tudo pode acontecer! – sofria Esterzinha!

– Não se preocupe não, minha filha! – disse minha avó paterna, vestida com a camisa verde e amarela. – Essa, o Brasil leva!

Era a vez de o jogador italiano Massaro bater o pênalti. Ele chutou o chão e a bola voou com graciosidade para as mãos do nosso goleiro Taffarel! Nova explosão de todos os alunos, pais e professores!

– Se o Brasil marcar agora, ficará em vantagem – disse João, segurando a minha mão.

– Pra quem não gosta de futebol, até que você está entendendo bem! – elogiei.

Lá vai o Dunga, o mais criticado de todos os jogadores brasileiros. Ele corre para bater o pênalti e marca mais um gol para o Brasiiiiiiil!

Eu me lembro de ouvir meu pai dizer, com o coração na boca:

– Se o Roberto Baggio perder, o título é nosso!

Boca bendita!

Roberto Baggio olhou para a bola, mas não olhou para o gol e chutou por cima da trave superiora de Taffarel. Foi uma explosão de gritos e cores no auditório de nossa escola.

Foi um estardalhaço! As minhas duas avós se abraçaram e choraram! Henrique e João também se abraçaram emocionados. Meus amigos pularam um por cima do outro e, ali, no meio do bolo, Esterzinha beijava e agarrava um por um.

O Brasil era tetracampeão mundial! Na televisão, Galvão Bueno abraçava Pelé e gritava, emocionado, ao microfone:

– É tetraaaaa! É tetraaaaa!... Você no Brasil, de norte a sul, explode e rasgue o peito no grito! É tetracampeão mundial de futebol!

Choramos. Com o toque do *Tema da Vitória*, nos lembramos de Ayrton Senna, o herói do Brasil. Eu fui além: abraçada com o João Miguel, expus toda a emoção guardada em meu coração e chorei por mim, por minha mãe, por aquele semestre, por aquele verão tumultuado que ficara para trás e que deixara uma sensação de riqueza, de crescimento, de lamentos e uma certeza de amizades, de amor e de esperança no porvir.

Era o começo de uma nova era. Era o começo de uma nova vida. E ficaria a certeza de que tudo se renova, como o céu que, mesmo enegrecido, sempre se colore com as cores azuis e amarelas de nossa terra em novos dias de luz. E esse céu, longe de ser proibido, permaneceria acessível para todo o sempre, seja na força da minha literatura, como no poder das minhas decisões.

Você, semente plantada,
sofrida, no âmago se espalha,
se enterra e constrói morada
nas voragens de tua matriz.

Seu leito, seu canto, sua terra,
é fonte de vida acesa;
é fim que se origina meio,
é ode que se faz País.

Leia também...

De João Pedro Roriz
ISBN: 9.788.555.270.536
192 págs.
14 x 21cm

CÉU DE UM VERÃO PROIBIDO Dois

Você certamente acha que já sabe tudo sobre este céu de verão proibido. Mas está enganado(a). E correrá riscos por ostentar essa confiança típica dos adolescentes! Trinta anos separam este *thriller* da primeira história. As coisas mudaram, algumas para o bem, outras para o mal. Entenda... antigamente não havia Internet, celular e as personalidades instantâneas. Hoje, tudo parece acontecer mais rapidamente. E neste ambiente, o mal se articula com maior frieza e intensidade. Pode parecer besteira. Mas tudo mudará quando o telefone tocar e você ouvir aquela voz rouca do outro lado da linha dizendo:
– Alexia!

Saiba mais pelo site **BesouroBox** www.besourobox.com.br

IMPRESSÃO:

PALLOTTI
GRÁFICA

Santa Maria - RS | Fone: (55) 3220.4500
www.graficapallotti.com.br